Kadokawa
Fantastic
Novels
U0073962
3
歡迎來到實力至上主義的教室2年級篇
Welcome to the Classroom of the Second-year
衣笠彰梧×
トモセシュンサク

「我可以問個問題嗎？」
「什麼事呢？」
「那個，該怎麼說，妳挑可愛的泳衣是有理由的嗎？」
「理由嗎？因為電視上看到的沙灘搶旗比賽，
都給人穿這種泳衣進行的印象，
所以我認為穿學校泳衣參加可能會很奇怪。我弄錯了嗎？」

南方小梢
課業一竅不通，可是運動神經優異。對任何人都可以無隔閡地坦率相處。
濱口哲也
班上其中一名參謀般的存在。硬要說的話，不擅長運動，不過很擅長讀書與溝通。是個不會讓人意識為男性的人，很受女生歡迎。

安藤紗代
隸屬排球社的學生，
個子很高。運動神經
很好，對體力有自
信。其實是個喜歡柴
田的少女。

「唔！給我放開！」
「我不放——」
「妳絕對不是普通人……！」

「很不可思議嗎？妳畏懼
比自己小的女人，而且還在發抖。
不過呀，我覺得妳最好珍惜這份感受力喲，櫛田學姊。」

3

歡迎來到實力至上主義的教室2年級篇

Welcome to the Classroom of the Second-year

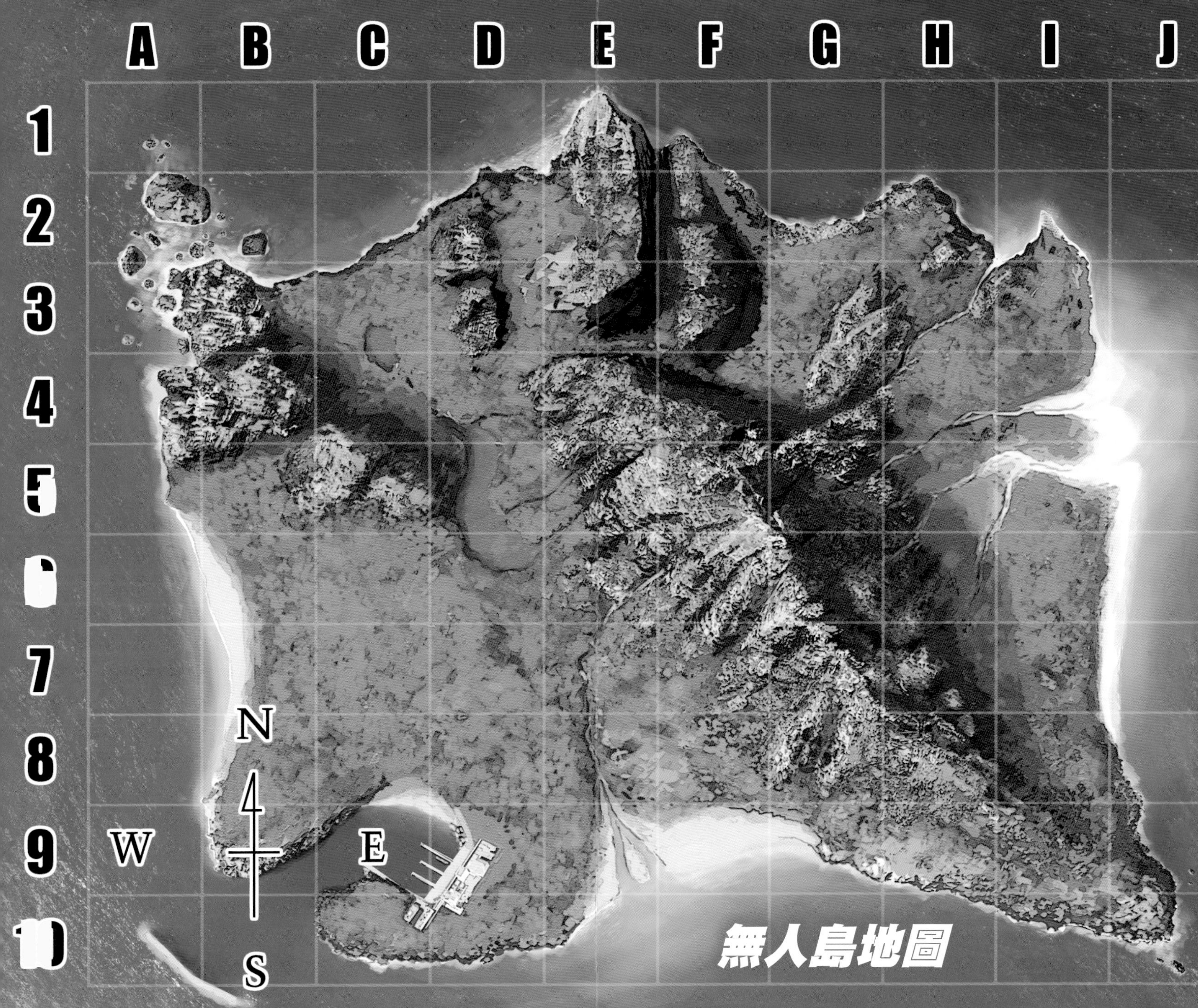

A B C D E F G H I J
1
2
3
4
5
6
7
8
9
10
N
W
E
S
無人島地圖

關於無人島考試（二年級生）

考試概略

●於無人島舉行最長兩週的野外求生。

●要求的能力各式各樣，綜合能力高者較為有利，但團結能力也很重要。

報酬

第一名的組別

班級點數三百點，個人點數一百萬點，保護點數一點。

第二名的組別

班級點數兩百點，個人點數五十萬點。

第三名的組別

班級點數一百點，個人點數二十五萬點。

得到前百分之五十的組別（含第一名至第三名）。

個人點數五萬點。

得到前百分之七十的組別（含第一至第三名）。

個人點數一萬點。

※前三組獲得的班級點數，將從倒數三組的學年移動過來。關於班級點數，不論人數有多少，都會按照班級數量均等分配（四捨五入）。

懲罰

倒數五組的學生會受到退學懲罰。萬一受到懲罰，可透過支付個人點數六百萬點補救。

※懲罰的點數按照小組人數平均分攤。

※考試開始後就無法借貸個人點數，因此需要在搭船前的階段，於自己的手機上持有需要的補救點數。

分配的卡片

基本卡一覽

領先…………考試開始時，能使用的點數變成一點五倍。

追加…………持有者得到的個人點數報酬變成兩倍。

減半…………讓懲罰時支付的個人點數減半。只會反映在持卡學生身上。

搭順風車……額外獲得考試開始時指定小組的一半個人點數報酬。如果指定小組與自己併為一組，效果則消滅。

保險…………考試中因身體不適而失去資格時，持有者會得到僅有一天的恢復緩衝。因為不正當行為而失去資格等則無效。

特殊卡一覽

增員…………擁有此卡的學生可以作為第七名學生存在於組別。考試開始後發揮效力，且不受男女比例影響。

無效…………懲罰時支付的個人點數會變成零。只會反映在持卡學生身上。

試煉…………獲得讓特別考試班級點數報酬乘以一點五倍的權利。但如果沒進入前百分之三十的組別，組別就會受罰。另外，增加部分的報酬由校方填補。

衣笠彰梧
KINUGASA SYOUGO
トモセシュンサク
TOMOSESHUNSAKU
2年級篇
3
歡迎來到實力至上主義的教室
Welcome to the Classroom of the Second-year
Kadokawa
Fantastic
Novels

歡迎來到實力至上主義的教室2年級篇

Welcome to the Classroom of the Second-year

contents

七瀨翼的獨白 015

各不相同的戰略 018

無人島考試開幕 054

同行者 085

喜歡上對方這件事 121

看不見的敵人 172

二年D班的孤高天才 218

開始動作的一年級生們 262

被揭穿的真面目 276

不平穩的隱憂 331

彩頁、內文插畫／トモセシュンサク

七瀨翼的獨白

當時的衝擊，我現在還記得很清楚。
毫無預兆被宣告的殘酷現實。
夕陽餘暉照入老舊的公寓裡。
又長又大的影子，像大時鐘的鐘擺一樣，輕輕地左右擺盪。
我無法直視，也無法理解。
溫暖的手，撫摸了我的頭。
溫柔的笑容，療癒了我的心靈。
那認真的眼神，教會了我憧憬之情。

那張沉默、面無表情的臉，令我絕望。

他是既強大又溫柔，比任何人都更不放棄努力的人。

那個人不可能無法達成夢想。

我自己當然非常清楚這樣很矛盾。

可是我就是無法諒解。
人很難抱著罪惡感戰鬥。
於是，我便自行在「正義」旗下主張正當性，並且打算戰鬥。
只要擁有自己的正義，就能抱著這份信念戰鬥下去。
憑「我」脆弱的內心，無法支撐那種「正義」。

因此才會由「本人」來支持。

這麼一來……就能認真地去打敗綾小路清隆了。
讓他回到該回去的地方。
否則，就會誕生第二、第三個犧牲者。
唯獨這件事，是必須避免的。

在眼前盯著自己的綾小路清隆。

如果要終結一切——就要現在在此動手。

然後前往下一個階段。

真正的目的，就在打敗綾小路清隆之後。

各不相同的戰略

七月二十日——眼前是一片四季如夏的無人島。高遠的藍天，加上澄澈的遼闊大海。

學生們被規定在這個地方度過兩週。

如果是萬里無雲的夜晚，應該就會有讓人看得入迷的滿天星辰。

與朋友談天，依偎在心儀對象的肩膀上。

搭建營火、跳舞、開心玩鬧——我們也可以度過這般青春的一頁。

只聽到這裡，任何人都可能誤以為這是令人稱羨的暑假。

可是，對於高度育成高中的學生們來說，無人島是一個大型試煉場。

「就像真嶋老師說明的那樣，比起一年前的無人島，這裡是座相當巨大的島嶼。」

站在我隔壁的平田洋介過來搭話。

的確一目了然，無人島的規模遠遠超越了去年。

而考試內容也同樣提昇了規模。

「就算只是普通地生活兩週，或許都會有學生中途退出。」

「嗯，我覺得發生不測事故的可能性相當高。確保飲水會是最優先的呢。」

即使在船上也有熱氣傳來。

熾熱的毒辣太陽，顯然正在烤著沙灘。

在七月要進入下旬的這天，氣溫寫下了將近四十度的紀錄。就像洋介擔憂的那樣，學生需要勤於補充水分，注意中暑或脫水症狀。

接近島嶼後，其全貌也開始一點一點地明朗起來。

「以前有人住在這裡嗎？」

「可能吧。」

整備完善的港口在無人島散發出突兀感，逐漸朝我們靠近。

船隻沒有繞行島嶼的外圍，而是筆直前往港口。

特別考試緊接著就要開始了，洋介的手與溫柔的表情呈現對比，緊握著甲板扶手。接下來的兩週，整個學校的狀況大概會產生巨變。某個年級的班級會替換，某個年級的學生會退學——這是發生這種狀況也不足為奇的考試內容。不難想像，第二學期開始會身處於截然不同的環境。這對期望平穩的洋介來說，是很不理想的發展。

就算他的手在無意之間出力也不奇怪。

終於，船裡播放廣播，要我們下船。

「做好心理準備了嗎，洋介？」

在應該守護的安穩可能受威脅的情況下，我刻意語氣強硬地問他。

儘管覺得不安，洋介還是點了頭，目不轉睛地看著我的眼睛。

「我會不留遺憾地全力以赴。這是我在班上唯一做得到的方法。」

他一定不希望有人退學。

可是，也無法讓班級出現犧牲者的機率變成零。

我們懷著這樣的心情，離開了甲板。

1

登陸無人島的前一天——七月十九日上午十二點三十六分。

以全部十二層樓構成的豪華客船「聖維納斯號」，正在海上航向南南西。

我的戀人輕井澤在人跡罕至的後方甲板上揮手迎接我。

確認周圍沒人後，我們彼此相鄰，凝視大海。

「這片景色真棒……」

太陽照射的水面，像鑲嵌著寶石一樣閃閃發亮。

惠瞇著雙眼，一副覺得浪漫地眺望景色。

「妳去年沒看風景嗎？」

「有稍微看一下，可是景色是其次，我都在船裡跟朋友玩。」

她這麼說，有點難為情地坦言。

不過，這也難怪。對很多學生來說，那次是第一次搭上豪華客船。

比起只是悠閒地看風景，更想在船裡多玩上一秒。

我們今年搭上的「聖維納斯號」是可以載運超過七百名旅客的遊輪。聽說就日本籍的船來說，是第三大的船隻。

以五樓的入口大廳到櫃檯為始，上層樓有電影院、泳池、健身房、咖啡廳、餐廳，甚至備有景觀浴場、遊戲區——裡面羅列著超越去年的充實設施。如果要心滿意足地玩，一兩天應該不夠。

當然也有醫護室和病房，針對不預期狀況的體制相當完善。

「是說，白天就在這種地方約會，沒關係嗎……」

惠靜不下心地張望周圍。

「不保證絕對不會碰到任何人，可是大概沒問題吧。」

今天午餐會場從上午十一點就開門，先從一年級開始用餐。是因為正午要舉行說明會，所以提前吃午餐。另一方面，二年級和三年級則是稍微錯開時間，從正午開始用餐。現在還是眾多學生在享受豪華料理的時候。

下午一點前，應該可以說是兩人獨處為數不多的時機。

「果然是因為今年的人數很多，所以才要事先說明嗎？」

「也有可能。不過或許不只是這樣。」

說明會預計是一小時，比去年久了很多。恐怕是考慮到天氣炎熱的狀況，才不在沙灘上進行說明。如果直接曬著太陽聽取長時間的說明，無法避免學生會接連因為中暑而倒下。與其說是明智，這應該算是比較保險的應對。

「總覺得——還沒有什麼實感耶……」

「應該是因為沒什麼機會搭遊輪吧。有點心浮氣躁是難免的。」

我冷靜分析並這麼回答，惠卻傻眼地嘆氣。

「不是啦……我是指跟你交往的實感。你的腦袋很聰明，可是這種地方完全不行。」

我跟惠是今年的春假開始交往。

已經過了好幾個月，卻不曾在外面做過像樣的約會。如果是高中生，就會每天一起上下學，或放學後出去玩，可是我們對周圍隱瞞正在交往的事，所以這種頻率也會比其他情侶還要低。

像這樣獨處，也不得不採取偷偷密會的形式。

有實感的場面的確可說極為有限。

「清隆你覺得怎麼樣？有確實湧現實感之類的感覺嗎？」

「嗯，不知道耶。說有是有，但說沒有也確實是沒有。」

「什麼嘛——」

我跟惠成為一對情侶，這是事實。

可是，直到現在並非有什麼大幅改變。

「因為我一直無法想像，我們居然會像這樣在外面偷偷見面。」

「也是啦。」

惠「呼——」地吐氣，凝視遠方的地平線。

「視待會兒公布的特別考試內容而定，我說不定會有事相求。」

「我知道啦。雖然前提是如果我能做到。」

我把她叫出來的理由，原本就是為了把這件事告訴她。不過，今天可以盡情使用手機，所以原本可以輕易地達成必要對話，不需要特地冒險見面。只憑因為是戀人的理由直接見面，還真是有趣。

接著過沒多久，船內就廣播通知大家說明會結束了。

「一年級好像結束了呢。我們也沒辦法一起過去，我就先走嘍。」

兩人一起行動會被懷疑，所以惠先回去船裡。

接下來，我們二年級就像和一年級輪替一般，前往電影院集合。

進入電影院時，我聽見了座位沒有特別規定，可以各自自由入座的說明。

有人不介意坐在什麼地方，也有人是跟好朋友們聚在一起，但顯眼的是那些以組別集中的人。這是理所當然，與明天開始的兩星期都要齊心戰鬥的夥伴一邊交換意見，一邊聽取說明會，才能有效率地利用時間。

單獨參加的我自然而然地穿越組隊的人們之間的縫隙，在空位處坐下來。

當然不是前方，而是後方不起眼的位置。

「……呃。你幹嘛坐在這裡啊？」

雖是理所當然，但會逃到這種縫隙裡的，就是擁有類似想法的單獨學生。

看來我坐到了二年B班伊吹澪的隔壁。

「你不是故意的吧？」

「絕對不是。」

因為這大概只是抱著同樣想法才會抵達的地點。

「我要去那邊，別跟過來。」

她好像無法忍受待在我的隔壁，打算拉開距離而起身。

我當然不打算阻止她，不過大部分位置都逐漸坐滿。

不管想往左還是往右，顯然到處都是正在閒聊的小組。

發現這種狀況的伊吹僵住了。

孤獨的學生已經無處可逃。她無可奈何地瞄準跟我相隔一個位子的空位，二年A班的鬼頭隼卻和伊吹以些微的差距，穩穩地坐上那個位子。

伊吹不加掩飾地瞪著鬼頭，鬼頭毫無反應地雙手抱胸。

只剩下回到我隔壁，或是混入團體人群裡坐下。二選一。

伊吹煩惱了一下，接著無奈地回到我隔壁坐下。

就結果來說，伊吹變得要夾在我和鬼頭中間的位置聽說明……

可見即使兩者相抵，她也相當討厭進入人群裡。

否則這場考試，她就不會即使身為女性也要獨自考完。

好了——先不說我跟伊吹的互動，我就專注在無人島考試的規則上吧。

我把注意力投向開始躁動的前方。

「那麼，接著我想說明無人島特別考試的規則。」

和去年一樣，負責說明的是二年A班的教師——真嶋老師。

他站到螢幕前，拿著麥克風開始說明。

「停留無人島的期間，是從明天開始的兩個星期。就跟去年的無人島一樣，基本上是靠你們自己自由生活。在考試期間受了無法繼續考試的重傷，或陷入身體不適，或犯下重大違規的情況，就會毫不留情地被強制退出。學校要各位組成最多三人的小組，我想這點大家都記憶猶新，但特別考試開始後，就會開放以某個條件為基礎，小組們集合組成最多六人的大組。自己隸屬的組別，組員全部退出的話，則會失去資格並確定排名。」

排名全校倒數五組的學生，所有人都會受到退學的處分。但這個退學處分可以藉由支付個人點數防止。單人組是六百萬。三人小組是一人兩百萬。人數越多，需要支付的代價也會越少，但只有付款的學生才會獲得救助。持有鉅款的學生勢必有限，因此這件事與多數人無緣。

另外，包含最後一名在內，倒數三組隸屬的班級，依規定其班級點數將會大幅下降。不只是退學，還會帶給留下來的同學許多麻煩。

不論如何都必須脫離倒數五組，應該是所有組別的共識。

「雖然你們明天起要在無人島生活兩週，但重要的是接下來要說明的。」

沒錯。截至目前完全沒有解釋決定「排名」的方式。

「學校會讓各組比賽，蒐集決定排名的『分數』。」

超過一百五十人的學生們，注目著電影院裡的巨大銀幕。

無人島特別考試概要

・為所有組別於兩週的期間，蒐集點數來競賽得分的野外求生考試。

・考試期間，如果因為退場而全組脫隊，組別在當下就會失去資格（蒐集到的分數全數無效，當下就會確定名次）。

也就是說，就算蒐集到很多分數，但如果所有組員都退出，一切都會前功盡棄。蒐集點數很重要，可是避免在特別考試結束前就退出的安排，才會是最優先的。

然後，那座明天要登陸的無人島的地圖，也隨著這些概要顯示出來。地圖放入縱橫線條，詳細且均等地分出方格。

「蒐集點數的方法有兩種。一種是『基本移動』，學生在被劃分為總共一百格的特定方格，每隔一段時間就會被指示前往某區域，從這種規則獲得分數。例如說，出發地點是港口的D9區，那就假設C8區被指定為移動地點。較早抵達指定區域的組別，作為『抵達順序報酬』，第一名的組別會有十分，第二名組別是五分，第三名組別是三分。而且在指定時間內抵達的人，所有人都同樣會被發下一分當作『抵達加分』。假如三人組拿下第一名，就會是十分的抵達順序報酬，加上三分的抵達加分。是可以一次獲得合計十三分的機制。兩人組的話，抵達加分就會是兩分，因此結果會是十二分。」

也可能會有組別為了奪取第一名而做出亂來的行為。但競爭的地點不是街上，而是無人島。可以預想平坦的道路會很少，也會有諸多障礙物。還會因為無法預料的事情受傷。再怎麼快速蒐集大量分數，如果所有組員都退出的話，當下就會失去資格。集到的得分就會被沒收，化為泡影。

「告知基本移動的移動地點，第一天和最後一天會是三次，但其餘十二天都是一天四次。抵達時間是上午七點到上午九點、上午九點到上午十一點。間隔兩小時的休息後，就是下午一點到下午三點、下午三點到下午五點的期間。」

各兩小時的規定時間內，可藉由抵達指定區域而得分。之所以到下午五點，應該是因為昏暗的時段移動會伴隨危險，所以校方也會顧慮。

「需要注意的是，如果連續三次無視移動至指定區域的指令，就會扣除一分。而且如果是連續四次，就會一次扣除兩分。連續五次就是一次扣除三分，隨著無視次數的疊加，懲罰也會一分一分地加重。不過只要中止一次，累積的數值就會恢復為零，從再次連續無視三次的地方開始減少一分。」

像是體力耗盡等等原因導致無法移動，就會趕不上該去的區域，這樣也會出現不斷失去集來的得分的狀況。

反過來說，毫不勉強地在起始地點搭帳篷，只從出現在近距離範圍的指定區域蒐集分數，穩穩度過兩週……就算打算做這種事，也幾乎蒐集不到點數。只要沒出現退出的小組，該組就會毫無作為地掉到最後一名，並受到退學以及班級懲罰吧。

「關於無視移動，在小組的『某人』抵達區域的當下，就會算是救援成功。換句話說，小組所有人不一定都需要抵達。當然，拿得到的抵達加分，就只會有抵達指定區域的人數的份。」

聽見這些說明的同時，學生們變得有點鼓譟。

如果三人隸屬的組別中只有一人抵達指定區域，小組就會收到抵達加分一分，同時也不會變成無視移動的組別。蒐集分數時，人數多就是壓倒性有利。那些單獨或以兩人組參加的人，就算一樣不斷地過關，也會被強制拉開分數。

「不過有一則注意事項。第一名到第三名獲得的抵達順序報酬，只有在沒有組員退出，並且小組全員都抵達指定區域才會產生。而且會參考組內最後抵達的學生的紀錄當作排名。」

這應該是很妥當的規則。假如一個人也會產生抵達順序報酬，例如只讓有體力的人周遊指定區域，這種人數優勢戰略也是可行的。小組全員也可以一直各自行動，並在各地等待新的指定區域。這麼一來，人數少的組別的勝算就會徹底消失吧。藉由把所有人抵達的時間點作為紀錄，單人小組也會留有一絲勝算。

可是，就算相抵這些事，人數多也無疑是壓倒性有利。

「地圖上也明顯存在不可能指定的區域。例如B1、C1、F10、G10等等，完全在海上，這些地點不可能選為指定區域。」

畫面上的地圖，不可能抵達的部分區域都被塗成紅色，排除在外。

「這個指定區域有一定的法則，一天四次之中，有三次是以前一天最後指定的區域為中心，再次指定前後左右的兩格以及斜方一格之內。」

如果是前後左右兩格，以及斜方一格，移動似乎就不算困難。

因為規定時間是兩小時，可以想像移動上能相當從容。

可是一天規定會進行四次指定區域。

換句話說，剩下的一次不適用於那個法則。

「一天中只有某一次是例外，不適用剛才的法則，不知哪裡會設為指定區域。意思就是說，D2成為指定區域後，也可能會發生地點被配置到D9的情況。但隨機指定不會連續發生兩次。一天最後的第四次被隨機指定的話，隔天的第一次就不會再度發生隨機指定的情況。」

雖然一天只有一次，可是不知會被指定到哪裡的話，就是件大事。

從最北往最南移動的話，兩個小時大概是到不了的。

就算有體力，不管願不願意都會被指定區域甩開。

如果強行追趕遠方的指定區域，也可能會發生體力耗盡或無法移動的意外。結果，要是陷入

無法抵達下一個指定區域，以及再下一個指定區域的狀況，不只會無視三次，也可以預想到一直追不上指定區域的發展。

這麼一來，別說是蒐集點數，連維持得分都會很不容易。

我必須牢記這是非常可怕的要素。

要胡亂地反覆移動，不斷踏入指定地區，或是移動時抱著有時要避開危險，並且無視指定的覺悟。按照各組能力，考試會需要臨機應變。

「雖然相同區域不會接連被指定，但D2被指定，接著D3被指定，再下一次D2再次被指定的情況也有可能發生。而且，指定區域公布時，就已經踏入該區域的話，雖然一人可以獲得一分，但就會拿不到抵達順序報酬，因此要留意。」

換句話說，如果要瞄準抵達順序報酬，貿然移動也是種風險。

如果要以接下來的抵達順序報酬為目標，就只能停留在前一天最後的指示區域內，或是乾脆離開前後左右兩格、斜方一格的範圍。可是後者的情況，還是避免不了會不小心踏入隨機指定區的風險。

「上述就是第一種得分方式——基本移動。我會先把概略顯示出來。」

基本移動的規則概要

・一天會告知四次指定區域（首日與最終日為三次，無隨機指定）。抵達地點時間為上午七點～九點、上午九點～十一點、下午一點～三點、下午三點～五點。

・指定區域有法則，一天有三次限定在前後左右兩格，與斜方一格的範圍內。一天有一次隨機指定，不知何處會是指定區域。（隨機指定不會連續發生兩次）

・抵達指定區域內的組別，依序是第一名得十分，第二名得五分，第三名得三分。

※抵達順序報酬會參照全組員抵達指定區域時的紀錄。

・在各個時間內抵達指定區域後，所有人都會給予抵達加分。

・告知指定區域的階段就已經抵達地點，一人會得一分，但抵達順序報酬則會無效。

・連續三次無視抵達指定區域，將會受罰。得分會按照次數扣除。

（但只要停止一次無視，累積值就會回到零）

顯示在銀幕上的概要，就如同真嶋老師說明的那樣。

「在說明另一項得分方式之前，我希望你們看一下這個。」

真嶋老師從現身的二年C班班導那邊接下某樣東西。

他舉起手讓我們看的，似乎是支電子型的手錶。

「明天考試從開始到結束之前，學生都要把這支手錶戴在身上。另外，也會配給與手錶連動的平板電腦，待會兒會再進行說明。」

銀幕顯示出手錶的放大版與詳細機能。

「這支手錶不只可以確認時間，也是得分所需的道具。因為像是基本移動的得分，全部都會統計在這支手錶上。另外，它也備有在時間內進入指定區域，就會傳來快訊的這種便利機能。由於也可以想像會產生一些時間差，所以若是壓線進入或立刻離開區域，也要注意有可能無效。得分有無進帳，希望各位務必確認手錶的通知。」

意思就是說，不論什麼事，只要沒有手錶，一切都不用談了。

「而且，校方可以一直監測戴著這支手錶的學生的體溫、心跳、血壓、血氧、睡眠時間和壓力值等等，若某些項目超過規定界線，就會響起『警告聲』。」

拿著手錶的真嶋老師，先把麥克風交給星之宮老師，接著實際戴起手錶。那似乎是無法自己配戴的款式，作業人員正在使用工具安裝。

不久，真嶋老師就戴完了手錶，銀幕上如同他剛才口頭說明的那樣，即時地顯示出心跳和血壓、體溫等等。

意思就是說，校方可以一次監視所有學生的健康狀態。

「我會在這邊讓你們看一個例子。例如說，假設我的體溫上升到三十八度以上。」

於是，手錶沒多久就傳出了尖銳的警報。

「這就是警告聲。由於這個聲音響起的階段只是警告，所以設計成五秒後自動停止響鈴。」

經過五秒，尖銳的警告聲就停止響鈴。

「但如果一直持續超標狀態，十分鐘後警告鈴就會再次響起。」

測試中響起第二次的警告聲。聲音比剛才高了一些。

這次也是五秒就停止，聲音很快就停了。

「剛才的是第二次警告聲。如果接著又持續五分鐘的狀態異常——」

到了第三次，便開始響起截至目前最尖銳的聲音。

「這就不是警告聲，而會變成『警報鈴』。如果變成這種情況，二十四小時以內，就要在出發地點接受健康檢查。若無視或無法抵達，視情況而定，也會受到退場之類的懲罰。另外，這是

設計成只要不手動關掉這個警報鈴，就會一直響，如果五分鐘都沒有停下來，教職人員和醫療組就會根據GPS趕至現場。」

萬一陷入受了無法動彈的重傷或失去意識的情況，就會有救援前來。當然不讓警告聲響起才是最重要的。

「我想大家剛才在我安裝手錶時都有看見，這是為了不讓人在考試中作弊，而在安裝與拆除上需要特殊工具的手錶。設計上是假如用某些方式強行拆除，得分功能就會自動停止。」

身體狀況不好，或發生不便的情況時，請某人拿著拆下的手錶代替自己賺分，這種不當行為必然不可行。

「另外因為強烈衝擊而物理性損毀，或在正常使用範圍內，機械的部分也因為某些理由產生異常，得分功能也會關閉。屆時請前往出發地點進行交換的處理。」

就算故障不會受罰，可是分數本身不會進帳，還真是吃虧。而且為了交換的處理而必須回到出發地點，也很嚴苛。

「那麼，了解手錶的概要後，就回到基本移動的話題吧。考試中，並非所有組別都要前往相同的指定地區。這支手錶內部有個叫做『行程表』的東西，總共有十二種。舉例來說，現在我的手錶就是A行程表。最初的目的地是D8，接下來的目的地是D7，再下來是C6，從首日到最終日會變成什麼指定區域，就像這樣，最初的階段就已經在內部決定好了。另一方面，如果星之宮老師戴的手錶是B行程表，她最初的目的地就會是D10，接著E9，再來F9——該前往的指定區域會像這樣有所差異。」

這是我聽見指定區域話題時，最先感到好奇的事情。

假如這是所有組別持續前往相同目的地就好的遊戲，就會是同樣走著相同路線，只比快慢的戰鬥。

可是，如果有十二種路線，當然就會大有不同。

A行程表在A行程表間互相競爭，但有時候也可能會與B行程表或C行程表的目的地重疊。將會同時進行這種複數的競爭。

過了三天，小組應該都會分散在無人島各地。

「組隊的人們，當然所有人都會是相同的行程表。如果在考試上組成大組，所有人當然都會被改寫成相同的行程表，所以不會產生不便。」

反過來說，由於存在十二種模式的行程表，因此和其他行程表的學生一起行動，同時靠基本移動蒐集得分的作業，實質上就會不可能。

我想像自己戴著手錶，將視線投向左手臂。假如我戴的手錶被動了什麼手腳，月城那方就辦得到刻意引起故障，妨礙我的得分。不過這不是可以利用這麼多次的手段。

一兩次偶然是說得通，可是若是三四次，明明沒有外在因素卻反覆故障，也會產生讓人費解

的疑問。就算他來動手，也就是一次或兩次。雖然我是有可能在前幾名的嚴酷爭奪中脫落，但只要我紮實地累積分數，應該就不會掉到後面的小組。

大概必須先記在腦中一隅，但似乎也不用嚴加提防。

關於手錶的概要

・健康狀況會受到校方透過手錶進行全天候的管理。

・若檢測到破損等異常，就無法獲得分數，因此需要確認。

・使用者的健康異常，會透過鈴聲通知。雖可以無視警告鈴，但如果警報鈴響起，就必須前往起點。

（若不在二十四小時內抵達，可能會被退出考試）

・手錶內存在十二種行程表，每個行程表指定區域的順序都不同。

・警報響了五分鐘沒停止，醫療小組就會趕至現場。

（心跳停止或血壓低的時候，會立刻前去救援）

這個巡迴指定地區蒐集分數的方法，只要身體健康的話，任何人都能參加，但要得到會給予高分的抵達順序報酬，腳程和體力等身體能力就會大幅左右結果。身體能力沒自信的學生們，勝算應該會很薄弱。

換句話說，一定也會備有其他用腦袋得分的方法。

「接下來，要說明第二種得分方式。就是完成在無人島多處設置的『課題』獲得分數。課題從上午七點到下午五點，會隨時在各地舉行。雖然區域被劃分為一百個，但同個區域內也會出現複數的問題。先看看這個吧。」

銀幕上顯示出一個課題的例子。

C3區域內，那個地方顯示了一個紅點。

「這個只能在平板上確認的紅點設有課題。學生無法預測這個顯示有無課題的紅點何時出現、出現在何處，以及是怎樣的課題。出現後才有辦法知道。」

課題：「數學考試」　分類：學力

參加條件：課題出現後，六十分鐘內報名。

參加人數：一人（一組內只能有一人報名）。
　登錄滿十人時截止。
勝利條件：於規定時間內聚集的學生們比賽分數。
　（考試內容隨著年級而不同，但難度皆有調整至相等的程度）
報酬：第一名五分，第二名三分，第三名一分。且得獎者會獲得一天份的食材。

課題：「推鉛球」　分類：身體能力
參加條件：課題出現後，三十分鐘內報名。
參加人數：三人組以上。
　（若為四人以上的組別，其中三人可報名參加）
　登錄滿六組時截止。
勝利條件：競爭三人的合計投擲距離。
報酬：第一名十分，第二名五分，第三名三分。所有小組可挑選一項贈品當作參加獎。

課題：「釣魚」　分類：其他
參加條件：課題出現後，一百二十分鐘內報名。

參加人數：兩人組以上。

（若是三人以上的組別，其中兩人報名即可參加）

登錄滿八組時截止。

勝利條件：一小時內釣到尺寸最大的魚的學生獲勝。

報酬：第一名十五分。

「課題中需要的能力，是以學力四成，身體能力三成，其餘三成的比例構成。可以先記得種類廣泛，像是有從需要精密技術，到只需要運氣的內容。當然，相同的課題也有可能多次舉行。」

我很好奇會用什麼方式進行，不過想不到學校竟然會準備這種規則。

這樣的話，身體能力以外的部分也會發揮很大的功用。

提出的課題分配，跟身體能力有關的是三成，這也可以說是恰到好處吧。

「那些舉行課題的地方一定會有教職人員，或管理考試的工作人員待命。規定是要藉由跟負責人請求受理，並透過手錶與平板報名。」

不論基本移動或課題，人數越少，規則就越嚴苛的性質都是共通的。

「在平板上，以何處有課題為代表，剛才銀幕上顯示的參加條件等情報全都能瀏覽。還有，希望你們記住課題的施行在即將結束的階段，資訊就會從平板上消失。」

課題實施中，平板上還是會顯示可以參加。也就是說，即使辛辛苦苦抵達課題地點，但因為其實人數已湊齊而無法參加，這種的事還是有可能會發生。

「從第四天開始，這些課題的報酬中也會出現『開放小組的最多人數』。如果拿到第一名，就會開放至上限三人，第二名則會開放兩人，第三名是一人。現階段單人小組要組成六人的大組，至少也要各拿下一次第一名與第二名。三人小組的情況，應該就會需要拿下一次第一名。另外，已開放到上限六人的組別，不能挑戰這些課題。」

雖然聽過好幾次「大組」這個詞，但那似乎要透過課題獲得權利。就算得不到分數或物品，增加小組人數都是很重要的要素。

「滿足課題條件，可以增加小組最大人數時，就要由希望加人的那方使用手錶功能啟動主連結，再由其他要合併的組別開啟配對連結，讓手錶接觸正在啟動主連結接收的手錶。接受連結要花費大約十秒，這段期間也可以進行取消。」

如果正式組成大組，就會改寫成相同的行程。

「但學校沒有準備那麼多開放小組人數最高上限的課題。能得到這項權利的小組，就算綜觀全體，應該也是限於兩成到三成的程度。你們要以上述兩種方式蒐集得分，所有學年比賽綜合排名。另外，如果發生了合併的情況，就會均分雙方持有的分數，並重新開始計分。」

意思就是說，雖然也是有可能把陷入窘境的學生拉來小組救助，但要救人也必須思考會背負相應的風險。如果單人組持有三十分，而五人組持有一百二十分並且合併的話，平均得分就會是七十五。只要彼此的組別並非相同的得分，組別的得分就會暫時下降。

可是，增加最大人數，在今後的周旋上會壓倒性地占優勢，暫時性的減分不成什麼問題。

即使如此，從單獨行動的學生來看，要合併就會更加困難。

如果不是相當優秀的學生，不惜降低得分都要拉攏，應該不會有好處。

關於課題的概要

・課題從上午七點開始隨時都會出現，結束於下午五點。

（考試首日從上午十點開始出現，最終日於下午三點結束）

・課題分為三類，就算是相同的內容也會出題數次。

（學力四成，身體能力三成，其餘三成）

・無法預測課題出現的時間。想知道實施狀況，就必須前往現場。

・前幾名的得獎人會得到分數或食材，或提昇小組人數上限的報酬。

總之，這樣聽下來，無人島的考試內容本身可以說是非常單純。

只是反覆地進行基本移動和課題，並累積分數而已。

「那麼接下來有請月城代理理事長致詞。」

真嶋老師這樣說完，就把麥克風遞給現身的月城。

月城一如往常地露出淺淺的笑容，同時徐徐地環顧二年級生們。

「我是代理理事長月城。這場無人島考試應該會是史無前例的大規模特別考試。綳緊神經就不用說了，不過也請各位挑戰考試時，別忘記身為學生的自覺。」

月城對所有人說，而有一瞬間將視線停留在我這邊。

那是不會被其他學生發現的些微僵硬。

「容我向各位學生說明一個注意事項。學校站在保護各位學生的立場，會盡可能地監視安全與秩序。但在這場無人島考試上，監視的目光還是無法遍及所有地方。其中特別常發生的，就是男女之別造成的敏感問題。」

可以知道校方人士面對開啟這種話題的月城，都顯得有些動搖。

「假如發生性方面的糾紛，我們會毫不猶豫地下達包含退學在內的嚴懲。如果判斷行徑惡劣，也會通報警方。請千萬別忘記這點。」

這些表達很直白，也是理所當然的確認，要我們千萬別做出這種事。

光退學都是大事了，要是出現「警察」這個詞，學生大概也不會鑄下錯誤。

「另外還有一件事。在無人島上待得越久，自然地會累積越多挫折。因為食材不足或水分不足，學生們有時候也可能會因此發生小衝突。關於這點——我是抱持在一定程度上同意的方針。」

聽見這番話，深感動搖的不是學生們，而是校方。

這證明月城的致詞和校方的方針不同。

真嶋老師靠過來，對月城說起悄悄話。

自作主張的發言會造成困擾……應該就是這種內容了。

月城把真嶋的建言全部聽完，以委婉的態度指示他退下。

「剛才，他吩咐我撤回允許學生間發生問題的發言。」

月城沒有隱瞞地說出了真嶋老師的話。

「但我不會撤回。那是因為——實際上不可能不發生任何糾紛。糾紛會發生就是會發生。」

聽見這些話，真嶋老師的表情漸漸嚴肅了起來。

「當然，就算說是允許，我也並不推崇。我只是同意偶發性的糾紛，校方會毫不客氣地介入

被斷定為行徑惡劣的糾紛。規則上當然無法放任不管諸如掠奪、未經同意使用他人持有物等，而根據案例不同，除了立刻被退出考試之外，應該也會視情況將學生退學。」

意思是說，他絕非同意恣意妄為的自由。

代理理事長親自警告，學生們的心態或許會再次繃緊。

可是這些話同時也能當作是對我的挑戰。

「我的發言到此結束。請務必做出符合高度育成高中學生身分的行為。」

月城做完簡短的致詞，就立刻把麥克風還給真嶋老師。

「月城代理理事長，謝謝您。那麼，最後我想轉而說明在這座無人島生活時，不可或缺的食材或道具。先解釋無人島限定使用的購物點數。」

拿著麥克風的真嶋老師做出指示，就有一台巨大的載貨台被推進來，上面排列出大量的物品。

「基本上個人會被給予的點數是五千點。要請你們自由運用那些點數，從這裡的物品一覽進行購買。另外持有領先卡的學生，則會被進一步給予兩千五百點。」

說完這句話之後，前方就傳來了有點厚度的指南手冊。

看來這是寫著這次可購買商品的型錄。

要這麼大規模準備，也會需要相應的資金，簡單看過去，從大廠牌到沒看過的廠牌商品都有，感覺這是以贊助的形式提供。加上這是直屬政府的學校，應該也會兼做是檢測廠商吧。

「物品都有記載於剛才發的無人島手冊中。要各自討論購買什麼，或自行決定都可以。從現在到明天早上六點都會受理購買，但也可以先把點數留下來。考試中可以在起點港口備有的商店裡加購。不過在現場購買時的價格會設定為兩倍，請好好記住這點。」

雖然也可以先留下點數購買水或食材等緊急時的必要物品，但兩倍的價格不算便宜。

「另外，可以在起點無償利用廁所及淋浴間。第二天之後，會安排可以補充水分的地方，如果經過的話可以有效地運用。不過不能把水帶出去，條件是要當場喝完。」

萬一發生什麼事還有地方可以落腳，對學生來說也比較放心。

「然後，牙刷、汗衫、內衣之類的盥洗用品會免費發放。不足時回到起點，就會提供必要的數量。」

似乎也會免費發放其他像是簡易廁所、防蟲噴霧、防曬乳、生理用品等等，這些對學生來說不可或缺的物品。

就先盡快詳閱發下來的手冊上的商品清單與價格。從帳篷到釣竿、對講機、食物及水都有販售，可以買的清單項目好像比去年多了不少。用來玩樂的道具依舊無可挑剔地一應俱全。時尚的泳裝、海灘球與游泳圈。也有部分商品是日租制，能按照需求支付一定的點數，以便宜的價格借出。

不過先不談玩樂，兩個星期的無人島生活，絕對無法避免飲食問題。

尤其是可能會是生命線的水，五百毫升是一百點，一公升是一百五十點。兩公升也要兩百五十點。若是加倍的話，就會是相當高的點數。

其中也有水瓶型淨水器的商品。生飲河水之類的會很危險，所以通常會需要煮沸消毒，但它似乎可以省去這些功夫，並除掉百分之九十九點九以上的大腸菌、細菌、寄生蟲等等，讓我們安全地飲用。不過價格是四千點，實在不是單打獨鬥的學生能夠出手的物品。如果是三人組的話，一個就可以過濾大約一百五十毫升的水，只要一個就可以了。當然，就算說是過濾，應該也有不少學生會抗拒飲用河水，而且也不保證能完全避免風險。萬一故障或遺失，那個當下就會失去意義。

另外，搬運各種道具需要的背包，從小型的二十公升，到超過八十公升尺寸的大型包都有，可以免費挑一個喜歡的尺寸。大型背包的容量多，所以在搬運上很方便，但因為重量有差異，因此必須謹慎挑選。另外，如果不適合自己的體型，給身體帶來的負擔也會各有不同。

也可以購買肉或魚這些生食，但價格高昂，加上難以存放。就算使用保冷箱或冰塊，期限應該也是一天左右。因此，罐頭商品就會很好用。

雞肉串燒和罐頭冷肉那種肉類就不用說了，甚至有什錦蔬菜、金平牛蒡、玉米、豬肉味噌湯，商品陣容類型廣泛。花費上也比攜帶型的食品便宜。但要吃的話會花費一點功夫，因此如果要以迅速移動為核心，攜帶型的食物才更方便。

單人用的帳篷是一千點。兩到三人用的帳篷是一千五百點。最大的六人用帳篷，則可以使用兩千五百點購買。意思就是說，人數越多，CP值也會越高。不過，從一開始就購買多人用帳篷也會伴隨風險。無法組成大組就會很慘，而且不能輕忽隨之而來的重量。

另外，嚴格禁止男女睡同一張帳篷。

換句話說，就算有可以同時睡六人的帳篷，也無法避免要按照男女分開。

真嶋老師對瀏覽手冊的學生補充：

「例如說，A組獲得的食材，能否轉讓給與自己無關的B組或C組……這部分可以隨你們高興。不管你們要怎麼處理自己獲得的物品，校方在方針上都是允許。」

把食物分給煩惱食物短缺的組別，這種行為被允許嗎？雖然沒必要幫助其他學年，如果是同個年級，能幫忙的地方就先幫忙，或許會比較好。尤其若是同班同學有困難，如果有餘力，幫一下無疑都會比較好。可是，沒有任何保證食材在供給上會豐富到可以隨意分給別人。

「還有，就跟手錶一樣，會分發給你們所有人平板。作為基本資訊，平板是不可或缺的，所以除了在起點之外，進行其他課題時都可以充電。那麼，我要在銀幕上顯示在平板上能做的事。」

有關平板的概要

・分配給所有學生的小型平板。

・可瀏覽無人島的地圖，即時確認指定區域及自己所在的位置。

・可瀏覽課題位置，或詳細的報酬。

・考試第四天到十二天結束為止，可確認前後十組的得分。

（也可瀏覽前十組、倒數十組，與自己小組的總得分詳細內容）

・第六天以後，開放可以確認所有學生目前位置的ＧＰＳ搜尋功能。

（但每次搜尋會消耗一分）

・考試中發生影響全體的問題時，會收到校方的訊息。

・電量不足時，可於起點或特定地點充電。

（如果連續使用考試的地圖程式，電池續航力約為八小時）

可以不用擔心充電讓人慶幸，但就算什麼都不做，電量也會隨著時間經過不斷減少，因此先購買行動電源會比較保險。無法使用可以知道所在地的平板相當致命。而且，就算可以在起點之類的地方充電，但充電中會在原地無法動彈，這也會連結到損失機會。

接著，是可以確認前十組與後十組的名次。雖然這在分析前幾名是什麼小組、如何蒐集分數，以及為何掉到後段時，是非常有用的功能……不過考慮到這個功能，我似乎謹慎行動會比較好。

也要先記住第一天到第三天，以及第十三天和最後終日會被排除在外。

另外，第六天開始似乎會開放可以確認所有學生目前位置的功能。和小組會合、和走散的夥伴會合——作為為了這些目的使用的工具，似乎會有一番活躍。但每次確認現在位置都會耗費得分，所以嚴禁大量使用。

「為了讓各位確認什麼背包可以放入多少東西，另外，也為了直接確認商品，學校會擺設出樣品。請各自自由地確認。從現在到日期變更的半夜十二點為止，都會在其他房間進行展示。」

校方的說明到此就結束了，真嶋老師關掉麥克風。

學生們打算確認陳列出來的商品，於是開始往前聚集。

我凝視著這片光景，煩惱自己該怎麼做。雖然很想實際觸摸確認，但我實在沒有勇氣擠入那些人群。

這點伊吹似乎也一樣，她呆呆地盯著前方。

伊吹好像發現我在觀察她，而往我這邊瞪了過來。

「有事嗎？」

「該說是有事嗎？我是在想，我們的個性都很難搞，很難湊進人群。」

「啥？別拿我相提並論，我又不是沒辦法過去。」

她好像很不滿被我當作同類。

伊吹以強勢的態度加入人群。隔了一個座位的鬼頭不知有無看見這情況，他靜靜地瀏覽著指南。

對於跟我和伊吹同樣都是孤軍奮戰的鬼頭來說，物品的挑選將會決定成敗。

他在期末考上和須藤比賽籃球的模樣令人印象深刻。面對現在也天天都在籃球社累積訓練的對手，他展開了寸步不讓的精采對決。從這點看來，也可以觀察到他的身體能力有多強。

不論是不是會在中途和某個小組合併的作戰，他都是個讓人無法大意的對手。

「咕，唔喔喔喔喔！」

前方傳來慘叫般的大聲呼喊。那是二年B班的石崎。他在揹著最大尺寸的背包的狀態下，膝蓋半彎。

「他在幹嘛？」

附近的學生問了其他學生。

「他好像在背包裡裝了大量的水。」

他似乎想到大量搬運的作戰，可是因為水很沉重。那是珍貴的飲用水，但一口氣搬運無法說是上策。雖說這跟登山之類的不一樣，但重量無疑會是敵人。盡量減輕任何一公克，不浪費體力地移動才是最重要的吧。

也就是說，我們需要每一次都拿到生活中不可或缺的水。只能在當地籌措並利用雨水或海水，或完成課題作為物品取得。

或者，假如有好好組成小組，安排負責保管的人員搬運大量飲水，也是其中一種戰略。如果要選擇在特定幾個地方長時間停留，非常有可能定為戰略。視如何戰鬥而定，所需道具或數量都會有所改變。

明確的正確答案並不存在。

我在腦中分析這次特別考試的規則，從頭開始組織內容。

這是在兩週的無人島生活上比賽得分，決定前段與後段的戰鬥。關鍵會是，不論累積多少得分，一旦小組中途退出，當下就會失去資格。考試第四天開始會宣布前後十組。第六天開始甚至

消耗一分就可以在任意時機得知任意學生的位置。

我就做綜合性的判斷，再挑選必要的物品吧。

無人島考試開幕

八點四十分。船隻慢慢開始進行靠岸的作業。

也就是說，無人島上的特別考試終於要拉開序幕。

這次特別考試存在的組別，包含單人組到四人組在內，共有一百五十七組。

詳細內容為——只有一年級生允許組成的四人組共三十六組，三人組有八十一組，雙人組有三十二組，單人組有八組。這當中有五組會退學。

無論如何，我還是和緊張感高漲的同學們會合，一起前往舷梯。我們以班級單位聚在一起後，發現學校似乎沒有規定排隊，允許我們各自和喜歡的對象一邊閒聊，一邊等待。所有人都是從起點D9開始。首日和最終日似乎沒有隨機指定的地區，因此會以這個地點為軸心，被選到上下左右兩格、斜方一格，總共十二格的某處。

不過下方的第二格在地圖之外，因此一開始是在共計十一個地區內的某處。

但特別考試首日還搞不清楚狀況，可以想像這一天是為了習慣環境。

我們隨著廣播，拿著不久前被交付的個人行李等待下船。

我付費選擇的行李是「帳篷」、「兩公升的水」、「三瓶五百毫升的水」、「十二份攜帶型食品」、「手電筒」、「行動電源」、「鍋子」、「打火機」、「紙杯組」，共計四千九百六十點。只有最低限度的盥洗用品，背包裡有很充足的空間。就算完成課題，獲得追加的報酬，攜帶上應該也不會有煩惱。

走下無人島的順序，就跟昨天的說明會一樣，是從一年級生開始。

全體一年級正好都下船的時候，就迎接了九點，最初的指定區域好像公布了。

這部分可以想像是為了要給一年級占一些優勢。

反過來說，雖然只有一次，不過二年級或三年級還是會背上不利條件。

如果講得仔細一點，由於會從A班開始下船，所以D班會是最不利的。

總差距大概是十五分到三十分鐘，若是在比移動時間，這樣就會相當嚴苛。

「早安，昨天有睡好嗎？」

在我等著下船時，揹著背包的堀北從我身後來搭話。

「算是普通吧。妳沒把身體搞垮吧？」

「你還要來怪我去年的事呀？」

「我不是在責怪，只是在捉弄妳。」

「這不是一樣嗎？」她傻眼地回話。

「接下來就要開始辛苦的特別考試了，你還真從容呢。」

「這個時候慌慌張張的也沒用吧？反倒還會浪費體力。比起這個，妳聽說一個三年級男生搞垮身體了嗎？」

「嗯，聽說了。幸好班上暫時沒有出現生病的同學。」

如果在起點時就搞垮身體，就會無法參加這場考試並且退出。被宣告退場的三年級生在身體狀況好轉前，都要暫時待在醫務室或病房。康復後也只能在船上待命，祈禱小組夥伴的奮鬥。幸運的是，退出考試的男生是三人組中的一人。沒變成當天就要退學的小組，可以說是不幸中的大幸。不過就其他年級來看，要是他能早早就納入後段的名額之一會比較好。

一年級生幾乎都下船完畢，在我以為差不多要輪到二年級的時候，時間迎來早上九點，手錶響起了第一聲通知聲。

不只是我，周圍所有學生都拿出平板電腦，同時確認起細節。如果下船後才行動會浪費時間。

我第一個該前往的區域是——D7。從起點開始走，是在北方。

我傾斜平板讓堀北看，堀北就說出了自己的指定區域。

「我是F9。看來跟你是不一樣的行程表。」

「好像是呢。」

起點相同，所以即使行程表不一樣，區域也很可能重疊，但堀北似乎要前往完全不一樣的路線。

行程表共有十二種。假如所有指定區域每次都會分開，競爭對手就一直會是十三組左右，不過實際上可以預想很多時候指定區域都會重複。

總之，就算不能進入前三組，累積每一分還是很重要。

我想盡量避免被突如其來的隨機區域指示甩得團團轉。

「我不會再擔心你了。盡量以前面的名次通過考試吧。」

「我是很想這麼做啦，但要是結果只有我退學，這種發展就不好笑了呢。」

我一邊把平板收進背包，一邊回答。

「這……說真的會很傷腦筋。」

我不在的話會很傷腦筋——她說出了這種話。

「畢竟我上次有借你一些點數，我可不希望被倒債。」

「重點在那邊嗎？」

「不然還有什麼其他理由？」她故意歪頭給我看。

「你跟櫛田同學訂下契約，無可奈何會為點數煩惱，不過就請你想點辦法吧。」

「講話真是不中聽。」

如果需要緊急用點數，無論如何都會周轉不過來。畢竟就連為了保護惠不受退學懲罰的資金，我都無法靠自己的力量籌措。

「妳別勉強自己喔。女生單獨會是很嚴苛的戰鬥。妳要盡早跟某個小組合併，或是創造自己拉攏別人的狀況。」

「我會先把這當作是寶貴的忠告。」

雖然語氣讓人懷疑，但我應該不需要那麼擔心。

有別於一年前，如果是現在的堀北，她應該可以看清自己的極限。

「話說回來，組別的合併條件的確很嚴格，也會需要稍微注意一下呢。」

「妳是指會平均得分，對嗎？」

越晚合併，這個問題可能會變得更困難。

不過，如果可以在早期階段就增加到最多人數，考試結束前都會有正面的作用。光是抵達一個指定區域就可以得到六分是很重要的要素。如果加入持有增援卡的學生，就會是七分。就算獨自拚命地蒐集每一分，也會形成驚人的差距。

先完成下船的一年級生們，毫不猶豫地早一步出發。由於還沒出現課題，所以二年級和三年級要做的也一樣。首先，應該會朝著指定區域前進。

下了港口的我，沒有急忙出發，決定觀察全體的動向。

為了慎重起見，我在移動上會需要預留一小時到一個半小時，但反過來算，即使待個三十分鐘左右也不會產生問題。既然沒有瞄準抵達順序報酬，即使一個小時才抵達，或在快滿兩小時前抵達，可以得到的一分在價值上都沒有差別。

「二年級好像沒有小組慌張呢。在最初的指定區域競爭不是上策。就算急著追趕，也會和領先的一年級生們有十分鐘以上的差距。要拉近那段差距，會消耗相當多的體力呢。」

我再次和站上地面的堀北搭話。

「大家會想要慢慢地度過不利的第一回合，也是當然的。」

如果是在一年D班後續的二年A班，說不定還有一些挽回的機會，但他們沒有強行進攻的跡象。

「話說回來，還真熱呢……幸好我有先準備帽子。你沒問題嗎？」

「因為我沒有餘力把點數撥給帽子，我會想辦法。」

我們這樣交談時，一名男人颯爽地走過我們身旁。我在一瞬間看到的那張側臉掛著笑容，就像是打算全力享受接下來殘酷的兩個星期。

「他有打算認真挑戰這場特別考試嗎？高圓寺那傢伙。」

「不知道……雖然我先跟他打了賭，但我還是完全不知道他會怎麼行動呢。」

「應該是一半一半吧——高圓寺會不會真的採取行動。」

如果不能在這場特別考試上拿下第一名，高圓寺就要幫忙下一場特別考試，他和堀北這樣約好了。可是，這種約定有跟沒有一樣。因為沒有強制力，所以只要高圓寺不打算遵守，這件事就會這樣告終。

不過，要是辜負在班上逐漸被認同為領袖的堀北的信任，高圓寺今後碰到麻煩的考試，就會得不到班上的協助也是事實。

這對高圓寺來說應該不是件值得高興的事……

我也想關注高圓寺在這場特別考試上的成績。

「好，走吧——！就算是現在開始，也要以第一名為目標！」

一名男學生在稍遠處往沙灘跑了過去。他是二年B班的石崎。要這樣大吼大叫是他的自由，不過西野就連跑過去追他都沒有，而是悠哉地跟在後頭。在更後方略帶笑意守望著他們的則是津邊。

「喂，快點啊，西野！津邊妳也是！」

「天氣很熱，別強人所難啦。是說，現在開始也無法超過一年級吧？」

「算了，那就是石崎同學的優點吧？」

津邊一邊打圓場，但還是有點傻眼地看著西野。

聽說西野在班上被孤立，但津邊似乎願意好好配合。

「要是放棄的話，就會在這裡結束了吧！而且一年級說不定也會大意輕敵！」

「你真的打算超越他們？不要吧，超級浪費體力。」

「喂喂喂！」

與幹勁滿滿的石崎呈現對比般的西野與津邊。

「要不要就你一個人先過去？」

「這樣不就拿不到抵達順序報酬了嗎！而且……要是走散了，會很辛苦吧！」

現在可以在平板上確認的只有自己的所在地。雖說是小組內，但要在開放ＧＰＳ搜尋的第六天開始，才可以知道誰在什麼地方。

要是在那之前分散各處，就連再次相見都會經歷一番艱辛。

石崎沒發現我的存在，無奈地回到西野和津邊身邊，配合她們的腳步。

我能理解他著急的想法，但應該沒必要從開始就飛奔而出。

「找到了！」

毫無預警地傳來了語氣強烈且類似怒斥的這句話。

聲音的主人狠狠瞪著堀北，並靠了過來。

「有什麼事嗎？」

「有什麼事？沒什麼。不過，我是絕對不會輸給妳的……！」

伊吹好像就只是特地來說這些話，她隨即獨自往北方邁步。

「真是的……她有好好理解這場考試的難度嗎？」

「她似乎非常有動力耶，有競爭對手是件好事。」

我稍微講出這種捉弄般的話，堀北就故意地用力嘆氣。

「雖然我完全沒把她理解成競爭對手。總之，她是北邊，我是東邊。行程表好像不一樣，這點我暫且放心了呢。」

假如是相同的行程表，也有可能一天到晚碰到面。

單獨為數不多的好處，就在於指定區域的抵達順序報酬。正因為不需要其他組員，所以只有自己的雙腳會掌握勝負的關鍵。

「那麼，我差不多要走了。」

堀北戴緊了帽子，為了前往指定區域而往東走。走了不久，不知為何回過了頭。她看著我這邊，我還以為她可能是要留話給我，但最後又面向前方邁步而出。

目送一定的學生後，我決定回頭確認看看三年級們的狀況。雖然早就已經是開始下船也不奇怪的時間，卻沒有任何人追過去的動靜。

我回頭後，正好看見三年級生們走來這邊的身影。我沒看見模樣慌忙的學生，遠遠地也能知道他們比一年級和二年級更加沉著。

我用視線尋找南雲的身影。就人數上來說，下船的進度應該已經到了B班結束或C班，但沒看見南雲雅的身影。

在尋找他的蹤影時，三年級生就追上並超前了我。

「你還留在起點呀，綾小路？」

我再度看向三年級生們，結果被這樣搭話。

「早安，鬼龍院學姊。不過，這不是特別罕見的事吧？也有不少小組在起點研究作戰。」

「不過你是單人組吧？就算要思考什麼，邊走邊想就好了。」

她對我停留在起點提出疑問。

雖然知道她不是泛泛之輩，但著眼點真的是不一樣。

「有什麼想知道的，我就告訴你吧。」

「不用了，因為鬼龍院學姊也是三年級生，和我們二年級互為敵人。」

我禮貌地拒絕後，她就沒有繼續說些什麼，只有跟我視線相交。

「全校學生同時四散在無人島的光景，也有相當有趣呢。雖說有四百人以上，但就無人島來看，這也是灰塵般的存在。」

鬼龍院目送朝島嶼前進的學生們，從容地這麼說。

雖然說是三年級生，她依然是要單獨挑戰這座無人島考試的人。

這絕對不會是輕鬆的戰鬥，她卻讓人感覺不到不安或焦慮。

倒不如說，看起來甚至正在期待。

「對了，你最早的指定區域是哪裡？」

「我是D7。」

「哦？那至少第一個地點，跟我是一樣的目的地。」

鬼龍院愉快地露出潔白的牙齒。

「還請手下留情。」

「我才該說這句話。那麼我要出發了，要一起過去嗎？」

「不，就先不用了。我想我跟不上學姊的腳步。」

「這些話是真是假，我很快就會知道了呢。」

鬼龍院沒有要再說些什麼，獨自往沙灘走去。

接下來，我也稍微繼續留在這地方，結果還是沒有看見南雲。

後來，我晚了鬼龍院幾分鐘，決定也往沙灘踏出了一步

先悠哉地前往最初的指定區域。

這場特別考試其中很重要的一點，就是不要意外失去抵達指定區域的得分。如果可以拿到順序報酬，或課題的前幾名，就有可能一口氣得到五分、十分，不過就會需要相應的體力或學力，

以及與競爭對手們的平衡上造成的運氣。正因如此，累積每一分應該就是基本中的基本。

那麼接下來……我重新拿出平板，打開地圖。

全部分成一百格，一格長五百公尺，寬七百公尺。

我最初的移動會從D9區進入D7區，因為已經位在D9區的中心附近，如果以直線距離連結，會是七百五十公尺左右的距離。

如果一分鐘步行八十公尺的計算成立，這下子就很輕鬆了。不考慮某些外在因素的話，九分鐘左右應該就可以抵達指定的目標區域。不過，路途當然既不平坦也不筆直。不只有樹，目的地也會被陡坡或懸崖阻擋。這麼一來，應該也經常會需要平常的好幾倍的時間。島嶼的標高接近三百公尺，所以也可以預期會有一定的斜度。甚至時間過得越久，揹著的背包重量就不用說了，體力的消耗也會給移動帶來重擔。

即使進行得順利，最好也得當作需要耗費三倍的時間——三十分鐘左右。如果要走無路可走的路線，花上超過一小時也不足為奇。

指定區域的移動，除了首日與最終日之外，每天會是四次。不難想像會好幾次經過相同路線。我必須先牢記自己要怎麼移動，以及會在何處擁有多少時間。

1

平坦的道路不久就到了盡頭，鬱鬱蔥蔥的樹林接近而來。

我一邊回想去年的無人島生活，一邊往森林裡前進。

去年以班級單位行動時沒這麼注意過，但要在這之中前往目標地區並不容易。不過就跟預想的一樣，筆直步行從根本上就很困難，落足處比想像中還要荒蕪，從曾經有大港口來看，可以想見這裡留有過去有人存在的痕跡，但似乎也是很久以前的事情了。

只是稍微四處看，都會發現幾公分大的蜘蛛織成的巨大巢穴理所當然地掛在那邊。對害怕蟲的學生來說，也會有許多地獄般的路線等著。我想起指南手冊上有記載要留意野生動物的警語。

只走最短距離前往目的地是不可能的，繞路的話當然也會失去方向感。就連雙手空空抵達指定區域都很難了。讓這件事情可能實現的，就是現在我手上拿著的平板電腦。

在這座無人島上，可以一直確認自己的位置是很重要的要素。

只要按照ＧＰＳ移動，就一定會找到路。

不過，至少這次的第一趟，就算沒有平板，迷路的機率也很低。

視線前方可以看見好幾個小組一邊摸索，一邊走路的身影。

後方理所當然地也傳來了交談聲，由此可見，最初的目的地果然都會經過相同的路線。只要模仿走在稍前方的學生們，受傷或捲入昆蟲意外的風險也會降低。

應該很少組別會有勇氣不顧結果地突然前往未開闢過的森林。

放棄第一趟區域抵達順序報酬的學生們，幾乎都是以遠足的狀態不停走著。

這時，我發現在稍前方停下腳步盯著平板看的波瑠加、愛里，以及明人的身影。他們好像不時確認周圍的情況，同時進行各種討論。

我試著接近後，就聽見他們在交換關於下個區域的意見。

「你們在聊下一個區域的話題嗎？」

我湊過去搭話，三人幾乎同時點了頭。

「因為我們第一個區域是Ｄ８，已經結束了呢。」

Ｄ８在踏入森林的時間點，就算是進入了指定區域。看來他們很早就可以獲得分數了。結果根本不需要問，毫無疑問就是抵達加分的三分。

「沙灘連個陰影都沒有，很炎熱呢。我們正在討論，順便推測接下來的指定區域。」

先思考下一個指定區域在哪裡，的確會比較好。

「清隆，你是哪一區？」

「往北一格的Ｄ７。」

「這樣啊。雖然已經有相當多的學生先過去了，但畢竟一分也是分數。」

「如果是相同的行程表，就可以一起行動了呢……」

愛里有點遺憾地低語。

這場考試就算組別不同，其實也有很多地方可以互相幫忙。會有可以互補之處，像是共享食材、借出借入道具。如果行程表相同，目的地基本上也都會一樣，所以帶著一起走確實會很輕鬆。

這當然也有弊害。小組數量越多，也會越難以統一步調。有多少人，就會出現多少意見。再說，參加課題的競爭率也勢必會提昇。還有，像是碰上只能參加一組的課題時該怎麼做，如果不事先討論就可能會成為糾紛的要因。

只有這次，可以說幸好我行程表跟他們不同。我絕對必須避免跟有可能變成累贅的組員一起行動。因為還要費功夫拒絕，這真是幫了大忙。

「畢竟有十二種，好像沒辦法輕易一樣。我想先早點通過指定區域。」

「是啊。還有下一個要移動的區域，你先過去會比較好。」

「雖然這樣有點寂寞呢，真希望我們在某個能悠哉的時間點見到面。」

波瑠加這樣說，並為我送行。愛里也同樣揮著手，像是在目送我。我轉身背對這樣的三人，

決定繼續前往D7。

接著慢慢地一直走，大約三十分鐘就到了第一個指定區域。

過了不久，我的手錶就微微響起聲音。

輕易就可以得知這是收到抵達加分一分的通知。

音量好像可以由我們調整，但我暫時保持原樣。為了保險起見，我試著打開平板，看見指定區域的抵達加分帶來的一分作為履歷保留了下來。

如果是在地圖上看的單一區域，就不會覺得有多廣大，因此很容易產生隨時都能看到人的錯覺，但是站在現場，眼前就是一片截然不同的世界。

就算四面八方有許多學生，但被森林遮蔽，要用肉眼確認相當困難。

雖然沒看見除了我之外的學生，可是一定有很多人在相同的區域。

這麼一來，應該就會是在稍微深處的地方。大家恐怕是考慮到下一個指定區域，而打算先往中央移動。而且蒐集資訊上也會派上用場。

我這樣推測，並尋找空出來的地點，這時視野淺顯易懂地開闊了起來。

果然有很多學生群聚在一處。所有學年都會搶奪下一個指定區域。即使只是為了盡量提昇百分之一的勝率，這都是很自然的行動。甚至為了鎖定行程表跟自己一樣的競爭對手是誰，也只能親眼確認。

重複嘗試確認，大致上就會有譜。

包含我在內，可以確認到的人數是二十九人。因為是限於這地方可以看見的，所以應該可以當作實際上還有更多學生停留在相同的區域。

「早安，綾小路學長。」

在我確認學生有哪些成員時，在前方發現我的女學生往我靠近。她是一年D班的七瀨翼。我沒看見跟她同組的天澤和寶泉，不知他們是去附近散步，還是想到戰略而離開了這個區域。

「其他兩個人怎麼了？小組不是大致上都會聚在一起行動嗎？尤其是一開始這麼做會比較好。」

我以這種問法試著確認七瀨的反應。

「他們說要去調查周圍，就各自分散開來了。我決定在這裡確認有多少其他小組。」

換句話說，她似乎跟我在做一樣的事。

比起晚到的我，七瀨好像對競爭對手的小組掌握到更多。

七瀨目前仍謎團重重。總之久留不是上策，只有這點很確定。

「我差不多想移動了，先看看周圍也不吃虧。」

「好的，我想學長你一個人也會很辛苦，還請注意安全。那麼，我就先告辭了。」

她很乾脆地放過我，走向一年級們聚集的地方。

我結束跟七瀨的對話，稍微換個地點後，就決定卸下背包。並於原地坐下，拿出平板。我想盡量避免浪費體力。

我在抵達這個指定區域前擁有的時間約為五十分鐘。雖然在下一個指定區域出現前，還有三小時以上的緩衝，不過課題很快就要開放了。

我仔細確認時間，迎接了上午十點。

我立刻確認地圖上同時顯示出的課題位置、內容，以及報酬。

視課題而定，我也會迎接究竟要以下一個指定區域為目標，還是以課題為目標的分水嶺。

首先，所有課題為十四處。其中，我目前停留的D7區內的左上角出現了一處紅點，就距離來講是最近的。或許打算邊走邊確認內容，我視野中的學生們立刻往西北方邁步。

顯示出的課題是「生火」。能最先使用特定道具生起火的組別，會收到五分。第二名以下沒有報酬。雖然相隔一段距離，但E7的中心地帶出現的課題是「英文考試」。這邊則是同組的兩人可以參加，第一名似乎可以拿到五分，而第二名是三分，第三名是一分。

往那邊前進的學生們，好像比生火的課題還要多。

與其說是在沒經驗的情況下利用特定道具生火不簡單，倒不如說，因為這個範疇根本不曾體驗過。前往自己判斷可以更確實做到的英文課題，是很自然的發展。

其他像是在D8就出現了「地理考試」，但只有一組學生前往那裡。

跟英文比較時，不同之處可說就是差在出現的地區吧。

其他行程表的學生們似乎都已經聚集在D８，就算說是在隔壁一格，抵達前還是要花時間。位在目前這個地區的學生們大概贏不了。

每個課題受理參加的時間都是六十分鐘，但應該很快就會額滿。

還有，雖然隔了一點距離，但較為實際的地點，前往C６的課題也是其中一種辦法。按照男女別競賽的「測量握力」。受理時間為偏長的一百二十分鐘。

前往這裡也是一個辦法，但可預想參加生火多出的學生們會前去那裡，加上萬一指定區域出現在東邊，我就需要移動很長一段距離。

在十四處的課題之中，距離最遠的G３也出現了一項「雜學考試」。各組能有一人參加，第一名可以得到十分，是配分很高的課題。時間限制是一百八十分鐘，抵達前有可能就會截止了，而且過去那裡的話，也很可能得放棄指定區域，因此無法輕易地移動過去。

不過，如果順利的話，也可以靠一項課題就輕鬆得到十分。

「真是一場有趣的考試。」

憑自己的一個想法，不管做何種選擇都會被允許。

距離下一個指定區域公布，還有充裕的三個小時。我決定接受在C６舉行的測量握力而起身。去確定能否參加生火課題的學生，不論如何都會損失一點時間。我應該可以搶在那些小組的

前面。

我接下來一邊走著，一邊仔細地逐一確認自己不安排參加的課題。

為了先把哪裡會出現什麼課題全部記下來。

2

「哈囉——綾小路同學。」

我花了四十分鐘左右抵達在C6的課題後，看見二年C班的班導星之宮老師在帳篷下避暑待命。

也可以在四周看見一年級到三年級將近二十名學生。

「綾小路同學你來這裡了啊。不過很遺憾，大約五分鐘前就截止了呢。」

除了星之宮老師之外，還有另一名我不熟的成人男性，正在對集合的學生們解釋課題。

「看來是這樣。」

如此一來，留在這裡也沒意義。我也不太喜歡被星之宮老師糾纏，於是打算離開。可是，卻被她用力抓住了手臂。

「不用這麼著急吧？要觀摩是自由的喲。」

「我認為教師為了自己單方面的方便剝奪學生的時間是個問題。」

「咦咦～說得太過火了吧～？還有很多時間啊——」

一秒的判斷也可能會分出輸贏——這場考試的本質，教師應該非常清楚才對……可是她不打算放開我。

「我的指定區域是D7，不難想像下一個指定區域會是這個C6。這樣我就必須放棄抵達順序報酬。請問您會負起責任嗎？」

說到這一步，星之宮老師再怎麼樣都趕緊放開我的手臂，與我保持距離。

「討、討厭啦——綾小路同學，不要故意說那些話欺負我嘛，我只是想稍微聊一聊——然後呀，我心裡可是有點不滿耶，你能聽我說說嗎？」

雖然她放開了我的手臂，但似乎還是打算繼續說下去。

我無可奈何地決定稍微奉陪星之宮老師。

「應該是自從期末考到現在吧？像這樣一對一跟你說話。」

「是啊。」

星之宮老師當時近距離看見我的戰鬥方式，而且也因為我的數學滿分，對她來說，不難想像應該對我抱著更強烈的戒心。

「話說回來，你最近很受注目呢～我以為你是討厭引人注目的孩子耶。」

「我並不喜歡喔。」

「既然這樣，為什麼數學要拿滿分呀？是說，你輕鬆解開連我都解不開的題目，我覺得很不尋常——」

我可以理解這對於把茶柱當作勁敵（？）的星之宮來說，這是接連的無趣發展，但總覺得她把所有事都只怪在我一個人身上。

「是這樣嗎？我覺得學校裡也有不少學生解得開那種題目。」

「有嗎？有嗎……？我是說假如喲，因為就算假如有，我認為也應該要是A班或B班的學生。綾小路同學是什麼班級呢？來，三、二、一——沒錯，就是D班喲。說到D班，雖然說來不好聽，但我認為必須是問題兒童聚集的班級，甚至會被揶揄成聚集眾多瑕疵品的班級。這樣的瑕疵品當中，混進了綾小路同學這種條件超級好的孩子，這種事是可以接受的嗎？」

「我不知道您是怎麼評價我的，但我認為二年D班也有十分優秀的學生。而且，就算看一年D班的學生，我覺得也有許多優秀的學生。」

由於不清楚三年級的各種狀況，所以我刻意不在這地方提及。

「嗯——是沒錯啦……果然從去年開始，學校的方針就有點變了，對吧？」

不是，妳就算問我這種問題，我也不可能知道。

在閒聊的期間，眼前開始舉行握力測量，三年級的押尾開始測量了。這可能是依受理順序進行的吧。其中也有我的同學須藤的身影。我沒看見應該要同組的池和本堂，由此可見，須藤應該是獨自一人，或他是為了確實報考課題，而先抵達這裡。

「關於剛才的話題，我想確實有很優秀的孩子。可是，該說他們都不至於統籌班級行動嗎？綾小路同學你的情況，給人一股在改變周圍的印象呢。」

改變周圍——如果是由外人來看，大概不可能這麼感覺才對。

她似乎相當了解我的狀況。

可以推測她可能在我不知道的地方蒐集了不少情報。

「我呀，也沒時間了呢。我也是第一次體驗掉下C班。該怎麼說呢？因為原本A班和B班競爭、C班和D班競爭才是一整年的發展——學校有類似這樣的特性呢～」

如果是這樣，這種均衡的確就瓦解了呢。

「我原本以為這個班級一定會升上A班呢……」

她對一之瀨率領的班級表現出露骨的不滿。

「對此設法做些什麼，也是班導的職責吧？」

「真是刺耳～！」

她表示不想聽，用手按住雙耳。

該說她這個大人還沒完全長大成人嗎？仍在延續學生時期。

「啊，好！那麼就由老師我來提出劃時代的點子！就像葛城同學移到B班那樣，你要不要轉來我們班？」

這一點也不劃時代。要說同年級的話，就是跟石崎等級相同的主意。

「還以為您要說什麼，真是說出不得了的發言啊。」

「跟我們一起以A班為目標吧？好嗎？」

她這樣說完，又對我的手臂伸出手。這是把觸摸異性當作自己武器的人才會做出的動作，不過她在碰到前就作罷了。

她想起自己剛才被我忠告似的，搖頭制止了自己。

「我就算耗費直到畢業前的時間，也準備不了什麼兩千萬點喔。而且，就算我有辦法自掏腰包準備那種鉅款，現階段也不知道什麼班級會成為A班贏到最後。您不認為觀察情況到最後一刻比較明智嗎？」

再加上，大概沒有學生會打算去掉到C班的星之宮老師的班級。

「可、可以不用那麼冷靜地說明啦……」

如果自己得到移動班級的權利，必然直到畢業前夕都不會使用。

要說有可能的話，就只有像葛城那樣，從別班拉攏的這種發展……由於大概沒有優秀學生會想去後段班，因此結果就是會被拒絕。就算答應，能否靠一己之力把該班拉上A班又是另一回事。

人群在我眼前一口氣地熱鬧起來。

感覺應該是第二名的押尾，露出不甘心的表情。

「須藤同學也變了很多呢——真不知道是誰改變他的。」

「我先說，可不是我喔。」

或許我是一個關鍵，可是在本質上大幅改變須藤的人是堀北。

所有人都結束了握力測量，但沒有出現改寫須藤第一名的紀錄。

這下子須藤的小組，馬上就在指定區域之外得到了五分。

他們很可能總共是八分。與同時間只有一分的我，真是天壤之別。

課題一結束，學生們就同時散開。

無庸置疑就是為了像候鳥那樣從課題移動往課題。

「那麼，我也要移動了。」

星之宮老師再怎麼樣都無法繼續留住我，於是也目送了我。

「考試結束前的兩週，我也是被安排要四處奔走，或許還會再見到面喲。」

我一邊想著可以的話不太想見到她，並同時決定離開這個地方。

3

後來，我去兩個新出現的課題繞了一圈，但每個都是馬上就有學生蜂擁而至，我連參加都沒辦法，考試就結束了。過了中午，下午一點之後的第二次指定區域是B7，我只拿到抵達加分。而不久前抵達的第三次指定區域，則是回到第一次的指定區域D7，這邊也只有抵達加分。

我連續兩次的移動，穩穩地累積了兩分。但第一天總共拿到三分的得分，可以預想一定會是最後一名的小組吧。

我也完全不必悲觀。考試開始第一天，處在學生尚未四散在無人島各地的狀態，因此不管做什麼競爭對手都會太多。就算勉強奔走，也很難獨力累積分數，而且水應該也會耗得很迅速。

「學長。」

今天的三次基本移動結束後，接下來是為明天做準備的時間。

我在早上碰面過的類似地點，再次遇見七瀨。

「這是第二次了呢。」

「是的，真巧呢。」

七瀨在這裡好像也是獨自行動，四處都沒看到寶泉和天澤的身影。

「今天過得怎麼樣呢？」

「要賺下三分就已經竭盡全力。妳呢？」

「我們三個在指定區域上拿到了八分。我沒趕上第二次的指定區域，不過在參加的課題上拿到了一個第一名，所以合計是十三分。」

「真是個順利的開頭。」

雖然她說沒抵達一個指定區域，但這應該不是什麼問題。如果是兩人以上的小組，只要有人抵達指定區域，就不會被包含在無視的次數。像七瀨這樣把時間分給別處，相對地大量賺取得分，會帶來正面作用。

「那麼，我先告辭了。」

結束像是在報告狀況的對話後，我們就分開了。

好了，現在是下午五點前。我為了決定今天的睡覺地點，靜靜地獨自走在森林裡。太陽曝曬過的帳篷內的室溫會升得非常高。

不難想像搞不好入夜了也會繼續積著熱氣。

還是應該要尋找不會被陽光直射的地方。

我從D7向東，在漸漸靠近E7區的附近停下腳步。

包含學生、教職員們與管理考試的工作人員在內，無人島上應該停留了五百人以上。但沒有指定區域或課題的話，就會持續著完全不見人影的時光。森林就是如此幽深。我感受著這股悶熱，決定在稍微空出來的地方設置帳篷。我從背包拿出兩公升的水，將瓶口對著紙杯。如果直接就口喝，會無法防止口腔內的病菌進入寶特瓶。把這種東西放在高溫下的話，會變成滋生黴菌之類的原因。我在這場考試中其中一件不能做的事，就是因為微不足道的事而背負搞垮身體的風險。話雖如此，開封過的瓶裝水，保存期限也沒那麼長。如果要喝最優質的水，我甚至還想在今天之內喝完。可是，在無法預測未來的狀況下也不允許這麼做。

雖然第一、第二天不難靠初期買來的食材撐過去，但第三天之後手上的食材耗盡時，就會每況愈下了。儘管也是有參加某些課題，即使不獲勝也要拿下參加獎的這種戰略，但就我看見平板上的結果，很少課題拿得到參加獎，而且報名的競爭率也明顯比其他課題更高。

我打開平板，回顧這一天。今天的課題一共舉行六十八次。

雖然不知道是否全都有學生參加，但有機會能以某些形式獲得礦泉水的機會是十四次。

大約占整體的百分之二十，機會無法說很多。

不過我覺得其中很有意思的，就是也能當作補救措施的「競爭」課題。

到達課題的順序會直接變成評價，第一名的學生會有兩公升的水，第二名學生會有一點五公升，第三名學生會是一公升。第四名到第三十名抵達的，則會給五百毫升的水。

但可以得到的分數，第一名是三分，第二名是兩分，第三名是一分，不算很多。

不過不論實力如何，這都可以補給安全的飲水，應該能說是極為重要的課題。

然後——十四次之中，有八次都是這個名為「競爭」的課題，這也很有意思。再加上第一天多達八次都是以相同條件舉行，出現的區域或時段也準備得非常規律。假如第二天之後也持續如此的話……

如果可以穩定地獲得這項課題，好像可以不愁飲水問題……

我吃攜帶型食品解決晚餐，刷完牙與上完廁所後，就決定到帳篷裡躺下。為了減少體力的浪費，為明天做好準備。

第二天開始，我要正式為得分與必要物品而奔走。

4

我很早就寢，並在半夜醒來，然後撐起了身體。

從網眼材質的縫隙可以看見外面一片漆黑，完全看不見前方。

能聽見的只有蟲鳴，或某些東西跑過草叢的聲響。

在幽深的森林裡，就是與孤獨的戰鬥。

對於堀北或伊吹那種單獨參加考試的女學生來說，應該會是非常嚴酷的環境。

就算要上廁所，在外面組裝簡易式廁所還是會耗費一番功夫。

最重要的是——我在帳篷中靜靜地屏聲息氣。

月城代理理事長無庸置疑地打算把我逼到退學。

如果是以正面進攻的方式，他就必須把我打到後面的五組。

可是，這種戰略不太實際。

基本上是我掌握能否得分的主導權。雖然所有學生都在拚命戰鬥，但我只要穩穩地移動區域、完成課題，起碼不會掉到倒數五組。這麼一來，他應該還是會用非正面進攻的戰略動手。

手錶故障造成失去得分，就可能性來說很低，但設計成完全得不到分數的這種情況好像也可以想像。如果發給我的手錶與平板都會被月城那方操作，可以想像我的平板上現在顯示的得分會是假的。

不對，如果我的分數跟實際反映的得分有很大的差距，我當然會向校方提出異議。我不認為月城希望發生這種狀況。假如他從我過完的三天期間扣除一定的分數，就算我有損失，也極有可能捲土重來。如果他做出讓自己會遭受懷疑的莽撞行為，以真嶋老師為代表，他也會帶給其他相關人士不信任感。與其發動這種半吊子的戰略，他更應該從其他面向進攻。

我將思緒換做自己是月城那方，思考利用什麼手段使人退學才是最佳之策。

如果條件是能利用White Room的學生，果然就會選擇受傷或身體不適造成的退出吧。假設我受了手臂骨折的重傷，校方應該會判斷我無法繼續考試。

換句話說，他會在大部分地方都監視不到的這片森林中，對我發動攻擊。

這才是既簡單又確實的退學方式。

就算受了某些傷，也難以判斷是否屬於人為。

如果是White Room的學生，應該也會擁有讓情況看起來像意外受傷的技術。

同行者

我在早上六點半起床。耀眼的陽光灑落下來，即使在帳篷裡，我也知道天氣非常好。

雖然覺得悶熱，但出來外面，眼前便是充滿綠葉的世界。

「避免容易被陽光直射的地方是正確的呢。」

即使要走一小段路，但在遮蔭的地點搭帳篷，真是個正確答案。

我以攜帶型食品跟水簡單地解決早餐，整理好帳篷之後，等待七點的到來。

大部分學生應該都已經起床，正在等待考試開始了吧。我該擺在最優先的是指定區域，不過附近有課題出現的話，視內容與報酬而定，我也會考慮切換目標。

迎接七點後，手錶傳來了指示。

我打開放在大腿上的平板，並更新地圖。

目前的所在位置是Ｄ７。今天會讓我移動到什麼地方呢？

我該去的區域是——Ｅ８。

是距離我為了搭設帳篷而挑選的地點最近的指定區域。

要盯準抵達順序報酬，這可以說是絕佳的位置。

我花了十秒確認，就不浪費時間地開始移動。

雖然我第一天在觀察情況，不過第二天之後，我就要漸漸加快步調。

馬上就踏入了隔壁的指定區域，接著手錶收到得分通知。

我作為一個組別，漂亮地拿下第一名，發下了十分。

我一口氣挽回昨天落後的發展，甚至有點超乎預期的好。

要是接下來能幸運撿到課題才是最好的……

四圍沒出現可以單獨參加的課題，就算是在附近，我也必須移動到Ｂ８。考慮到往返的時間，現在略過似乎才是最好的。

不知道課題會在什麼時間點出現，所以我決定等待隨時的更新。

1

接著上午九點公布的指定區域是Ｅ６。

雖然抵達順序比上次降低了一名，但我這裡還是收到了第二名的五分報酬通知。

中間隔著午休，後來下午一點公布的第三指定區域是F7。

我位在偏西南方的地方，順勢地在第三次也得到第二名，進一步累積五分。

路途中出現的課題，大部分參加條件都需要兩人以上。大概也會有很多學生移動到課題處。對於單獨行動的我來說，持續是令我慶幸的展開。

光是今天就有二十三分。再加上第一天的三分，總共是二十六分。

雖然我不斷成功，但如果是三人組紮實地累積抵達加分，他們最少也會有十八分。就算我接連地拿下前面的排名，也幾乎沒有形成差距。

別人沒兩下就會跟我並列。而且，我接連都是第二名。從另一個層面來看，也代表我兩次都沒成功拿到第一名。雖然不知道對方是誰，但相同的行程表也可能存在著強大的競爭對手。

我就回到E6區休息，等待可以參加的課題出現吧。

今天截至目前的三次，都是一般的指定區域。

換句話說，下午三點出現的剩下那一次，將會是第一次迎接的隨機指定。

「綾小路學長，我們又見面了呢。」

七瀨又在我休息的地方獨自現身。

我到過六個區域，其中的三次居然都和七瀨碰到面。

「我們該不會是同一種行程表吧？」

「可能吧。」

這麼頻繁地相遇，就算行程表和七瀨重複也沒什麼好奇怪的。

不過，行程表是否相同不是什麼大問題。我在意的是見面的機率很高。就算要前往相同的區域，直接見面的可能性也沒那麼高。路線原本就不一樣，外加抵達時間或停留時間都不同。從似乎沒被她跟蹤的情況來看，也能說是是碰巧重疊而已，但究竟如何呢……

實際上，我沒有線索，不可能弄清楚七瀨的行程表是不是跟我相同。七瀨是和天澤、寶泉組成小組。換句話說，把抵達指定區域交給那兩個人，她就不會變成無視指定的學生。得不到抵達順序報酬，還是可以穩穩地累積兩分。

我不是不能從七瀨擁有的手錶通知推測，不過，不難想像她會關靜音。我和七瀨過去兩次都是站著簡單閒聊。我以為她這次也會馬上離開，但她停下腳步，往我這裡看來。

「不好意思，綾小路學長，我有個請求。」

「請求？」

「如果不會造成麻煩，接下來我能暫時和你一起行動嗎？」

「一起行動？什麼意思？」

就算行程表一樣的可能性很高，但跨年級共同行動基本上無法成立。這就是這場特別考試的機制。對雙方沒有任何好處。

「其實，我們在昨晚的討論上出了問題。寶泉同學和天澤同學他們說單獨行動比較好，所以就分開行動了。」

就算說是同組，也沒有必須共同行動的束縛。

待在一起能得到的好處當然很多，但如果是那些單獨也不覺得痛苦的學生，單獨行動也能說是一種戰略吧。

「從昨天開始就見到學長三次，但我猜除了第一次之外，另外兩次都是綾小路學長你比較快抵達指定區域。我認為憑自己一個人，恐怕無法趕上指定區域。」

「妳不認為只是我有兩次碰巧比較早抵達嗎？」

「或許是這樣吧，但我還是判斷你比不成熟的我還要厲害。」

她說出了吹捧般的發言，可是我實在不認為這出於真心。

「跟年級不同的小組一起行動，真的無法說是很明智的提議。」

「因為抵達順序也會造成影響，也會出現在課題上競爭的情況，對吧？」

「如果找到只剩下一組可以參加的課題，到時就會演變成糾紛。」

「都讓學長優先也沒關係。學長踏入指定區域，確定抵達順序之後，我再走進去。這樣就對你沒有壞處了。有關課題，如果報名剩下一個名額，我也都會讓給你。」

就算放棄寶貴的抵達順序報酬或課題也都無所謂？

這實在無法說是值得推崇的行為。

「妳拿到的分數勢必會變少。」

「我是第一次在無人島上考試，和寶泉同學的那一場戰鬥上，也證明過綾小路學長的身體能力，就算只是替我挑選適當的路線，也很有幫助。」

雖說有幫助，但既然她今天已順利單獨行動，就算做得很好了。

依舊可說是不必不惜刻意背負風險，都要跟我一起行動。

「就算我選擇適當的路線，妳又能配合我的步調嗎？再說我也有可能選擇險峻的路線。妳有辦法跟上嗎？」

我刻意說出顯而易見的事。

我認為或許可以在這份答案上，看出這些奇怪行為的意義。

可是，七瀨沒有回以我期待的答案。

「我對體力有自信……所以與其說是添麻煩，倒不如說是因為你無法信任我嗎？」

七瀨曾與寶泉、天澤聯手，打算把我逼到退學。

的確可說是距離信任很遙遠。

可是就算我拒絕她，要跟過來也是她的自由，這不是我能拒絕的事。

貿然地讓她維持跟蹤的狀態，旁人看見時，就會覺得不自然。我不是沒辦法強行甩開她，但

這樣不只浪費體力，既然行程表相同，今後也無法避免會在某處見面。

既然如此，我就該想成一開始就同意一起行動，才能減少後續的麻煩。

「知道了，如果妳希望這麼做，那也沒關係。」

「謝謝你。」

七瀨露出開心的笑容，深深低頭。

「但是必須確認行程表是否真的相同。妳了解吧？」

「是的。也可能是指定區域碰巧相同，我認為確認是理所當然。你接下來要怎麼做呢？距離指定區域出現似乎還有一段時間。」

現在才剛過一點半，還有一個小時以上的充裕。

「我想想……噢，剛好出現了課題。」

平板上出現了好幾個新課題。

我確認周圍的課題，匆匆決定了要前往何處。

我讓她看了畫面，在地圖上指示自己要前往的課題設置點，同時做說明。

「正下方的Ｆ８好像出現了猜謎課題，我要去那裡。」

「距離也很近呢。」

「對，如果下一個區域指示得太遠，我打算無視。」

也因為這樣，我想確實地完成課題，累積得分。

「知道了。我會跟著你。」

其實我也有考慮出現在E5的課題「顛球」，但包含距離在內，路途會比前往F8還要艱難。

先確認眼前的七瀨能行動到什麼程度吧。

2

「應該差不多可以看見了。」

「是的。」

我朝著課題前進，並踏入了F8區，單手拿著平板確認位置，並且往前走。

「對了，學長，你打算挑戰的課題，門檻好像有點高呢。」

「如果是猜謎的話，的確會有很多部分無法完全猜到呢。」

課題「猜謎」是從多種領域選出一項課題出題。

由於是四選一的形式，因此任何人都容易參加，但如果無法平均地解開文科和理科的題目就很難獲勝了吧。參加條件是以組別為單位。最多可有十二組參加。換句話說，組別人數越多，越能集思廣益，可以說是利於多人小組的課題。

「雖然這麼說，視領域而定，應該還是很有機會。」

「可能吧……但你是不是其實想挑戰E5的課題呢？」

七瀨好像識破了我刻意為她妥協，於是這麼說出口。

「有列入候補的確是事實，不過老實說是一半一半。如果妳介意，只是在白費力氣。」

「若是如此就好。因為是我擅自要跟著，所以還請你做出跟平時一樣的選擇。」

「不需要妳的叮嚀。就報酬來說，猜謎也比較豐厚呢。」

報酬上是第一名八分，第二名四分，第三名兩分。而且會依照目前組別人數給予報酬作為追加。可以從清單上選擇，能獲得食材或飲水。

很適合補充昨天和今天消耗的量。

我們到達可以看見猜謎課題的位置。

似乎已經聚集了一定的人數。

「喂，綾小路！剩下三組，趕快登記！」

同班同學須藤發現了我，呼喊似的對我招手。

「他這麼說呢。快點過去吧。」

我和點頭了的七瀨快步接近課題，完成登記。

並沒有公開考試詳細的領域，究竟會出現什麼內容呢？

距離截止還有三十分鐘以上。或是會等到剩下的一組確定參加。

在稍遠處等待猜謎開始的池臉上沒有笑容。

可以知道他魂不守舍地發呆。本堂也不好上前搭話，所以在自行打發時間。須藤他們小組最大的魅力，可以說就是感情好而有的團隊合作，但現在似乎會讓人懷疑，這點究竟能發揮到什麼地步。

「狀況還好嗎？」

我試著詢問唯一幹勁十足的須藤。

「得分很順利。今天有一次在指定區域拿下第三名，課題上也拿了兩次第一名。」

「我之前來不及參加，不過有看見你在握力測量上拿下第一名。真是壓倒性的勝利。」

「呃，你原本也打算參加喔？這樣搞不好會有難分上下的比賽，真幸運、真幸運——」

他有點誇大地做出擦拭額頭汗水的舉動。

「小組那邊呢？沒有發生麻煩嗎？」

「哎呀——飲水的消耗好像比預期中還要快……感覺奔波得太努力了。」

第一天、第二天就全力奔走戰鬥的壞處，似乎已經出現了。

「可是啊，可以在課題上得到報酬，真讓人感激耶。現階段沒有問題。」

不過，後來須藤一臉有點嚴肅地開口說：

「不過池那傢伙啊，有點沒精神呢。」

「理由是什麼？」

「不知道耶……考前就有點奇怪，但他都會說沒事糊弄過去。」

他和篠原的那件事，果然到現在還有強烈的影響。

這段期間，他心儀的對象篠原，正在跟他的勁敵小宮共度相同的時光。

無論如何難免都會在意。

「雖然在意，但畢竟課題就是課題。你們三個人合力挑戰，也不難拿下前幾名。」

「嗯。是說，綾小路你是一個人吧？你這樣行嗎？」

「這個嘛，就要取決於我擅長的領域有沒有被選到了。」

須藤忽然察覺站在我身旁的七瀨，往她看去。

「話說回來……妳是一年級的吧？叫什麼名字啊……」

我和寶泉爭執時須藤也在場，他當然會覺得七瀨很眼熟。

「須藤學長，我叫做七瀨。」

須藤在可愛的女生面前沒有一臉色瞇瞇，表情非常認真。

「……過來一下，綾小路。」

他用手臂用力環繞我的脖子，讓我與七瀨保持距離。

「你好像是跟那傢伙一起來的，不過她是敵人吧？你這是什麼意思啊？」

「就只是她說想要跟我一起行動。因為行程表很有可能一樣。」

「啥？就算行程表一樣，一起行動的意義又是什麼？她應該是又打算讓你退學，所以跟寶泉一起盯上你吧？你這樣很危險耶。」

看來須藤也在用自己的方式為我擔心。

「或許吧。」

實際上，我也沒有那麼漫不經心，覺得她是毫無意義地與我同行。

「總覺得你真沒有危機意識耶……不過，大概也是因為你一路上順利撐了過來，所以不在意吧……但你要是有什麼煩惱，要跟我講喔。」

我點頭回應這份想法。須藤雖有點難以認同，還是轉為接受的表情。

「我原本在想，要是你很困擾，那我就要去狠狠唸七瀨一頓。不過既然你說沒事，那我就不去在意了。」

他這樣說完時，最後一組登錄完畢，課題準備要開始了。

「那麼待會兒見。就像你說的那樣，課題就是課題，我們也會全力應考。」

須藤回到池等人的身邊，十二組參賽者各自拿出登錄過的平板，為出題的題目做準備。接著時間一到，平板上同時公布猜謎的領域。

『領域——動畫全部。』

嗯？動畫？腦袋的理解跟不上顯示出來的文字，第一題就這麼開始了。

『第一題：下列何者是電視動畫《機動從士崩彈》第十三話的標題？』

1、再見了，崩彈　2、燃燒吧，崩彈　3、吶喊吧，崩彈　4、崩彈的眼淚

「……這是什麼啊？」

我不禁這麼脫口。

從領域和題目來看，很明顯與動畫有關，可是我完全不知道答案。

「真的假的，超簡單的耶！」

在附近握著平板的本堂興奮吶喊。

簡單？這個題目嗎？

說到底，崩彈……崩彈是什麼？

這個領域已經在我的專長之外，但既然挑戰了課題，也只能全力以赴。

我要不慌不忙並且冷靜下來。既然是四選一，用猜的也有百分之二十五的機率可以答對。

如果展開推理，第四個標題和一到三都不一樣。只有第四個標題是崩彈的名字在前方。這該不會就是提示？我針對這個部分選擇了第四個選項。過不久時限到了，答案顯示了出來。

『正確答案：2、燃燒吧，崩彈。』

我展開的推理也是白費力氣，弄錯了答案。

我在炎熱的天氣下感到有點暈眩，但還是讓意識專注在第二題。

『第二題：下列哪一名是演唱電視動畫《逃脫海底雞》主題曲的人？』

不過，現實是很殘酷的。

我沒有選到我了解的領域的現實，再度擺在我的眼前。

我當然也不知道第二題的答案。每個答案看起來都一樣。

我已經領悟到光是參加都浪費時間。

我祈禱四選一會一直答對的奇蹟，並且接連按下隨意的數字。

十分鐘考完二十題，我默默把平板闔上。

答對的題數是四題，正確率為百分之二十。以不到一般答對率的結果作收。拿下第一名的是讓人意外的……其實也不意外，就是須藤的小組。他們的正確率是很驚奇的百分之九十五。應該是因為池和本堂相當擅長這類題目。不只是單純的學力或體力，各式各樣的知識也會派上用場。這似乎正好成了茶柱說過的那番話的好例子。

「都是很困難的題目呢。」

七瀨的正確率是百分之二十五，幾乎跟我一樣。

主要可說是我幾乎沒有關於動畫的知識。從整體的正確率來看，半數以上的參賽小組都會抱著類似的感想吧。

「太好了耶，寬治！」

同組的須藤希望和池與本堂共享喜悅，要求擊掌。

「……是啊。」

池無精打采地回答，須藤就姑且碰了一下本堂的手。我看見這片光景，心裡有一點擔憂，很苦惱該不該先把池的煩惱告訴須藤。

雖然包含這次在內，我已經遇到他們兩次了，可是完全不保證今後也能見面。例如說，假如篠原和小宮在考試中交往了，或是發展成了接近那樣的關係——可以預想池在知道這種事的時候，將會極度倉皇失措。

不過──我非常懷疑，讓須藤支援這種問題到底適不適合。須藤在學力方面、運動方面，甚至精神方面，都展現出顯著的成長，但能否做到纖細的關懷則另當別論。

「請問怎麼了嗎？」

既然課題結束了，繼續留在這地方就沒有意義。

七瀨正因為了解這點，而好奇地問我。

「你應該對須藤學長的小組有一些想法吧？」

仔細觀察著我的七瀨指出了準確的問題點。

「因為妳什麼都不知道，我想問問妳。妳認為須藤的小組怎麼樣呢？不過就算我這麼問，除了見過面的須藤，妳對其他人都沒什麼頭緒吧。」

「是啊……那麼，能不能也把那個小組的狀況告訴我呢？」

「在須藤左邊的是池寬治，右邊的是本堂遼太郎。兩人平常都是那種會做蠢事引人注目的人……說是一群得意忘形的人可能會比較好。不過他們也是炒熱班級氣氛的人物。」

如果要淺顯易懂地說明，一定就是這種感覺了吧。

應該不會有錯──我在心裡這麼補充。

「這組別不太會讀書，所以也讓人很不放心，不過須藤體力很好，池也有在無人島度過露營

生活的適應力。本堂……我想想，他就是負責炒熱氣氛的吧。」

想到他是為了開心度過特別考試的一塊拼圖，這就是個不差的組合。

「他們的名字是池學長、本堂學長，對嗎？可是，他們會炒熱氣氛嗎……總覺得池學長很沒有精神，是因為不舒服嗎？」

互不相識的七瀨似乎也能明顯看出這點。

如果只截取這個場面，他確實很不像是會炒熱氣氛的人。

「事實上他平常就是個讓班上很熱鬧的人，雖然現在好像有點沒有精神。他在身體狀況方面沒有問題。」

「換句話說，讓學長在意的就是那個部分了呢。」

說到這種程度，七瀨應該也察覺得到。

「嗯，就是這樣。這狀況讓人很在意，但我也不能一直擔心別人。我在猜謎上別說是前三名，可說是在爭最後一名，他們則是第一名。不論是怎樣的組合，優秀的都是會累積分數的小組。」

擔心在綜合得分上應該高於自己的須藤小組，可以說是太過頭了。

「這場特別考試上，活用擅長的領域也能戰鬥下去。可以讓人感受到學校投注的心力。考試的陣仗很大，不只包下無人島，還製作會彰顯各種學生的長短處的考題。」

雖然這樣講不是很好聽，但目前池和本堂在學校活躍的機會沒那麼多。學生的本分是讀書和運動，無論如何都會埋沒兩者都不擅長的學生。

不過這場特別考試上，也很有可能必須依靠其他要素戰鬥。我考前也很不放心平衡度不太好的須藤小組，但他們似乎可以順利走下去。

雖然就是因為這樣，唯一剩下的不安條件，就是池的身心狀況很讓人掛心……

假如是萬全的狀態，他也可能成為推翻評價的黑馬。

話說回來——我在旁看著辦完課題，開始撤離的大人們，同時這麼想。雖然說這裡和普通的高中有明顯的分界，但像是大型船隻、備品、人事費用之類的，花在一場特別考試上的熱情與預算，兩邊的差異可說是非常懸殊。去年的無人島也相當有規模，現在卻更勝以往。

不只是點數上的部分，內容也大有不同。上次是要求以班級單位行動，但這次多半都是小組單位在這座遼闊的無人島來來往往。學生們瑣碎的糾紛，也可能演變成意外的大麻煩。

除此之外，受傷或身體狀況的問題也很重要。如果是擦傷或輕微發燒的程度應該不成問題，不過應該不難想像會有骨折或受到更嚴重的重傷的可能性。

直到兩個星期的考試平安結束為止，學校的相關人士大概也沒有時間靜下心。

「差不多該走了呢。」

移動前往下一個指定區域或尋求課題，才是最理想的。

「學長，在出發之前，我可以說句話嗎？」

在我邁出步伐前，七瀨繞到我面前抬頭看我。

「我要再說一次，請完全不用考慮我的存在，並選擇你的理想路線。」

這次的無人島考試，即使我拿下一兩次佳績也看不見勝利。如果不在長達兩週的漫長戰鬥中持續地累積分數，就很難拿到前幾名。再加上在小組人數越多越有利的情況下，單獨一人就必須賺到比別人更多的分數。

「我也再說一次。我不會考量妳的存在，所以妳不用放在心上。」

我已經逐漸決定了我的戰鬥方式方針。

——查明這場特別考試的規則與學生們想法的戰鬥方式。

要是她會對此帶來阻礙，我一開始根本就不會同意七瀨一起行動。

「聽見這句話，我就放心了。還請多多指教。」

我確認手錶，並拿出平板電腦。

差不多要是公布第四次基本移動了。來到了今天最後一次，同時也是首次隨機指定公布的時間。我在平板上確認地點。指定地點是I7。

要以最短距離過去的話，就必須跨越山脈。

話雖如此，要是選擇安全地繞路，移動的路途就會很遙遠。

不過那不是絕對抵達不了的區域，所以我很苦惱呢。

「要出發了嗎？」

「在那之前，七瀨，我希望妳讓我看看妳的平板。」

「說得也是呢。還沒確定我們就是同一種行程表。」

我以為她會表現出一點抗拒，但七瀨從背包拿出平板後，就毫無隱瞞地打開地圖讓我看。然後證明自己下一個目的地就是I7。

「果然和學長你的行程表一樣。」

「是啊。」

不能完全否定這是不同行程表的隨機指定碰巧重複的可能性，但如果看見至今的經過，就可以判斷毫無疑問是同一種行程表吧。

「既然一致的話就繼續說下去吧。要以最短的距離前進嗎？」

「不，這次我不會勉強去拿區域分數。G8還有G9都有課題出現。我今天打算跑那兩個地方就好。」

兩邊的課題都定為學科考試——「數學題目」、「英文題目」。

只要來得及報名，就可以確實累積分數。

「那麼，今天的紮營地點要選在哪裡？」

「我想想……明天的第一次會以I7為中心指定。隨便靠近的話，也可能會偶然踏入指定區域。可以的話，我想避免這點。」

既然不勉強的話，先走到H9似乎才是最穩當的。

「課題結束後，我打算走到H9紮營。」

聽完說明的七瀨沒有流露不滿，並且點頭答應。

「欸，綾小路，你剛才說要在H9紮營嗎？」

結束課題正要移動的須藤前來搭話。

「怎麼了嗎？」

「沒有，我們下一個指定區域就是H9。你待會兒要去哪裡？」

「我要先去G8和G9考數學和英文。」

「唔，那是我們一定要避開的考試。」

「要說當然，好像確實也是當然。」須藤搔著頭，這麼嘟噥。

雖然會有點遠，但須藤他們應該會前往E9的課題。

「可以的話，晚點要不要會合，然後一起紮營？有夥伴也比較熱鬧。而且我也想聽聽看你的建議，看我們的戰鬥方式有沒有問題。」

須藤做出意外的提議，但這樣也不錯。最重要的是，正面積極的態度很值得予以好評。就我的角度來看，我也一直很在意池。

偶然中接觸，池應該也不會感覺到我的某些意圖。

「森林裡大概很難會合，約在G9的海邊碰面，怎麼樣？」

海邊的話可以很順利地找到對方，那樣應該會比較好。

「知道了。那時間要訂在幾點？」

「我們原本就在目的地旁邊，五點半怎麼樣？」

這樣我參加完課題後，應該也可以順利會合。

「知道了，五點半在G9的海邊。」

須藤他們要和我們挑戰不一樣的課題，所以暫時走向其他方向。

不過，要那個小組解開數學或英文題目才是強人所難。

往擅長的領域進攻理所當然。

「今天會跟那個小組一起度過，妳沒問題吧？」

跟幾乎都是男人的小組度過，無法保證她不會抗拒。

即使如此，我也覺得這比起一開始就跟我單獨紮營還要好。

「沒問題。倒不如說，我認為這也是可以聊天的好機會。」

她好像能往善意的方向理解，這是再好不過的。

3

走過了指定區域H9的須藤他們，在快過了下午五點半時，來到了在海邊等候的我們的身邊。

「成果如何？」

「哎呀——……結果不行。雖然後來也有出現新課題，我們挑戰了三個，一個是第三名，剩下兩個的競爭率異常激烈，連參加都沒辦法。」

須藤有點喘，同時不甘心地咂嘴。從我也來不及報名來想，可見附近的學生人數還很多。

「第二天才剛結束，別太逞強了喔。」

儘管勢如破竹地蒐集了分數，但就像須藤自己說過的那樣，無法否認步調似乎有點太快。須藤對力量與體力有自信，能夠拉著失去幹勁的池是很令人感激，但他應該也無法一直維持相同的步調。

尤其本堂看起來遍體鱗傷、奄奄一息。他應該很不喜歡這種嚴酷的考試，但從他沒有任何怨言來看，可說他目前的狀態是一心想跟上隊友。

「總之，就看要在哪裡紮營了呢。寬治，我們要怎麼做？」

他向池尋求建議，雖然池心不在焉，但還是指著森林的方向。

「總之先回去H9吧，剛才那邊有空地，在那邊會比較好。」

無精打采的池這樣回答，我們按照他說的開始移動。

「還是感覺不到學長你說的會炒熱氣氛的特質。」

「發生了很多事。」

「很多事嗎……？」

「我是局外人，不太好隨便說出來。假如妳很在意的話，可以直接問問他本人。」

「說得也是，那我找機會問問看。」

七瀨爽朗地回應。可是，池願不願意老實回答就是另一回事了。

接下來，我們跟著池走了二十分鐘左右，眼前就出現了一片空地。

這裡的話，是個就算三四組聚在一起生活也不會產生不便的好地點。

「那麼，趕快搭帳篷吃飯吧，我餓了。」

須藤第二天應該也四處走了不少路，他拍著肚子這麼說。

接著，須藤和本堂對池投以期待的眼神。

只要看見池在背包上攜帶的釣竿，理由就顯而易見。可是，池沒有發現這些期待的眼神，而

是愣愣地站在原地。

「欸，寬治，你今天不去釣魚嗎？」

因為距離海邊很近，須藤期待這點地催促他。

「咦？啊、啊——嗯……時間已經很晚了，我也很累了呢。抱歉啊。」

假如有釣魚的安排，會合時就會留在海灘了吧。

或者是，他可能沒有想到那一步。

「算了，這樣也沒辦法呢。」

儘管遺憾，但他也不打算強求，馬上就作罷了。

池搖搖頭，像是要好好維持精神地開始準備帳篷。

「感覺很心不在焉呢。」

就連對情況一無所知的七瀨都能看穿，顯然已經不行了吧。

4

在吃完晚餐，太陽完全下山的夜晚。晚上八點過後，我們各自進入自由活動時間。雖然說是自由活動，但在晚上的森林走動無法說是明智的選擇，而且也會有蚊子之類的大量昆蟲，因此基本上都會在帳篷裡度過。

這樣必然就會利用帳篷的網眼，隔著帳篷開始對話。

這是我、七瀨、池的帳篷呈現並排，而七瀨的對面是本堂，本堂的隔壁是須藤的狀態。

「原來小七瀨是D班的啊，完全看不出來耶——」

和女生聊天好像很開心，本堂在這邊比任何人都更常找七瀨說話。

「不，我不是什麼優秀的人……所以我認為從D班開始是很妥當的。」

「咦——看起來才不會呢。話說回來，不優秀的是我們吧？」

本堂獨自笑著，彷彿這是會引起哄堂大笑的笑點，但須藤依舊板著僵硬的表情，不打算參與對話，躺著望著帳篷的天花板。雖然看不見池的模樣，但他也只會不時地附和，沒有正式參加對話。

「總覺得很不熱絡耶，寬治跟健，你們怎麼了啊？」

「沒什麼啦——不過啊，遼太郎……你最好還是別信任七瀨。」

「啥？這什麼意思？」

本堂不認為這是對可愛學妹該有的態度，而把臉貼在網布上看著須藤。

「哪有什麼意思，我只是說出事實。」

「我不懂你的意思啦。」

「沒關係，本堂學長。因為我以前對須藤學長做過很沒禮貌的事。」

「沒禮貌的事？不是健那傢伙性騷擾妳之類的嗎？」

「我哪會做那種事啊？」

本堂自己說出這些話，但聽見須藤的否認就認同了他。

「不過，你感覺的確是對堀北很一心一意。所以到底發生了什麼事啊？」

「那不是能說給你聽的事。」

須藤翻身，背對著入口。一年D班的寶泉和臣，對須藤抱持好感的堀北做出過分的舉動。而跟那個寶泉聯手勾結的，就是在這裡的七瀨。從知道詳情的須藤來看，提防七瀨極為理所當然。如果堀北在這裡，應該也會說出一樣的話。就本堂來看，有些地方會無法理解。不過既然七瀨自己都說沒關係，他也沒有權力追問。

「呃——這是沒關係啦……但寬治也是一直都沒精神耶。」

「我、我……很平常啊。」

池被當作話題而感到慌張。

「一點也不平常吧？我就趁現在說了，你從考試前就很奇怪了耶。」

「我的看法也是一樣，你一直都很沒精神。」

須藤似乎也對這件事感興趣，他改變姿勢，把臉朝向入口那側。

「你們幹嘛啦，又、又沒什麼事，你們看，畢竟這是無人島考試……該怎麼說呢，我是因為或許會被退學，所以很緊張。」

「什麼緊張啊？你聽見無人島考試時，不是還幹勁滿滿的嗎？」

池有露營經驗，在去年的無人島考試也有活躍表現。無法輕易搪塞對此很清楚的摯友們。

「所以說，呃……這是因為……」

面對池無法回答、語無倫次，七瀨看向隔壁帳篷開口說：

「雖然才剛和你見面，但我也覺得你看起來沒有精神。」

「綾小路，你怎麼想？」

本堂對截至目前都一直在聆聽的我尋求意見。

看著話題的走向，在這地方乖乖同意應該會比較自然。

「今天會合時，我也有點在意。」

「看吧？四個人都知道你沒有精神喔。」

池被漸漸逼入窘境，他想不到好藉口，只是抿著嘴。

「剛才我聽綾小路學長說，池學長和本堂學長是很會炒氣氛的人。可是池學長從頭到尾都心不在焉……請問是不是有什麼煩惱呢？」

不難想像他應該會對於一無所知的七瀨直指核心的這句話，感到心頭一震。

「那個，該怎麼講——……」

池拚命地挑選用字遣詞，並打算說話。

「什麼嘛，有煩惱就趕快說啊。」

「反正也沒什麼大不了的吧？」

既是摯友也是損友的兩人，好像認為池的煩惱微不足道。

正因如此，他們才會很率直地打算問出。

可是偏偏這次，似乎只會讓池更難說出要說的話。

「沒什麼……」

「能不能稍微等他一下呢？」

七瀨在旁看著，輕聲向須藤和本堂這麼說。

須藤有一瞬間顯得很不滿，但看見七瀨隔壁的池一臉煩惱，就發現到了。

他發現池是正在煩惱，超乎了自己所想。

「不用等啦，小七瀨。因為最後的結果，真的會是沒什麼事。」

「要斷定這點或許還有點太早。我們就等等看吧，遼太郎。」

「咦？喔、喔喔……這個嘛，是可以啦。」

須藤並不擅長看氣氛。但他似乎還是一點一點地變得能環顧周圍，並感受到些什麼了。這大概能說是要歸功於堀北的教育。這樣四個人全都默默地守著他，形成了不打算催促的氣氛。如果變成這種狀況的話，當然會無法輕易說出口，不過同時也會無法隨便逃走。接著，我們只要等待池做好覺悟，並為那個時刻做準備。

於是，在將近十分鐘的沉默後，池就下定決心地開始說：

「其實啊……我……之前就一直有個喜歡的女生……」

須藤與本堂透過帳篷互看彼此，顯得很吃驚。

下一個瞬間，覺得被拋出有趣話題的本堂就興奮了起來。

「什麼嘛什麼嘛，是誰是誰！」

「在池學長主動說出來之前，我們就等他吧。」

七瀨稍微制止了有點興奮並打算問話的本堂。

如果只是有喜歡的對象，難以想像他會變成現在這種精神狀態。七瀨應該知道是因為之後發生了什麼，才會變成今天這樣。

「沒、沒有，可是啊──這種話題就是要一鼓作氣地講下去吧！」

「要不要冷靜下來，等池學長自己說出來呢？比起他喜歡誰，重要的是這件事如何影響現在的狀態吧？不是嗎？」

七瀨以冷靜且有點強硬的語氣阻止本堂的氣勢。

「或、或許吧。」

本堂被學妹勸戒，覺得自己很不識趣地搔搔後腦杓。

「我喜歡的人是……」

兩個男生聽著這些話，腦子裡一定正在進行各種想像。

是同年級的，還是學姊或學妹呢？

如果同年級，那麼會不會是同班同學呢？

腦中想到的一定是櫛田或一之瀨那種受男生歡迎的女生。

「我喜歡上的人……唔，那個……就是篠、篠原……篠原皐月。」

聽到這個名字時，感覺須藤他們有一瞬間轉不過來。

應該認為她和池只是會吵架的夥伴。

如果只論外貌，她也不算是前段。也因為池平常都會誇口說要和可愛的女生交往，會困惑也理所當然。

「可、可是啊，寬治。你跟篠原的關係很糟吧？你也常說她是醜女。」

本堂忍不住提及最當然的部分。

「我不是一開始就喜歡上篠原。一開始她就是個討厭的女生。可是……我也不知道為什麼，從某個時間點就開始在意起來……但是，我不想要自己承認這件事。我想我大概是在假裝自己不喜歡她。」

這句話應該沒有虛假。因為就每天都在班上聽著池和篠原吵架的人來看，這就是理所當然的光景。

「是說，你喜歡篠原的話，趕快告白不就好了嗎？」

池面對須藤這種會讓人覺得很粗暴的幫忙，自暴自棄地說：

「現在的狀況已經不能那麼做了。」

「發生了什麼事，對吧？」

「現在篠原的組別裡有小宮。因為那傢伙大概很喜歡篠原。」

到了這一步，須藤和本堂也開始看得出狀況。

「而且篠原那傢伙……好像也把小宮看得很特別。」

彼此在意的男女在同一組度過無人島考試。這是攸關退學的重要戰鬥，所以具備了讓彼此產生強烈羈絆，或不曾有過的情感的條件。

「我不久前發現自己喜歡篠原……就連無人島，其實我也是第一個想到要跟她組隊。可是，我就是坦率不起來……所以變得像平常那樣吵了架……真是沒出息……直到今天，我也一直在尋找篠原……」

池剛才都有點心不在焉。他的視線一定就是在追逐篠原的身影吧。

「我不知道是從什麼時候開始，或許是誤解吧。我會隱隱覺得即使吵架，篠原是不是也是喜歡我……我真的好糗。現在也不知道該怎麼做才好。」

就像他剛才說的那樣，他應該不是沒想過他們是否兩情相悅。即使如此，任何人都無法了解對方真正的心意。

這是我前幾天向惠告白，自己親身體驗過的事。

「池學長沒辦法對那位學姊坦率，對吧？我覺得這不算壞事。」

聽著這件事的七瀨，對池回答自己想到的事。

「可是啊……篠原和小宮那傢伙組隊了。意思就是我沒機會了吧。」

「這就不知道了。雖然不知道……但篠原學姊會不會是在期待你把界線劃分清楚呢？」

「劃分清楚……？」

「我了解池學長平常是個對任何人都開朗、有朝氣，可以輕鬆地把想法說出口的人了。我認為篠原學姊當然也對這樣的你有很高的評價。可是，她一定會希望只有自己是更特別的吧。」

輕鬆地說出口──換句話說，意思也是講話太隨便。

「我覺得，她應該會希望你更坦率地表達出喜歡她的心情。」

池對篠原的確很有好感。

我也認為篠原對池很有好感。

可是，池經常捉弄篠原，有時還會瞧不起她，一直都像在對待男性朋友。

不過就像七瀨說的，不能只是這樣。

「我……」

「如果你被喜歡的女性以隨便的態度對待，會覺得開心嗎？要隱藏害羞也沒關係，可是不傳達給對方就沒意義了。你不會希望對方更認真地看待自己嗎？」

讓自己站在篠原的立場，也會藉此看出一些事情。

——如果很喜歡的對象，老是同樣地對自己隨便說話。

「……可惡。」

池抱著頭垂了下去。他剛才可能想到至今都是怎麼對待篠原。正在理解自己被這麼對待時會怎麼認為。不對，應該就是因為開始理解，所以才抱起頭。

「我不會說煩惱不好，但現在是攸關退學的特別考試期間。不只是自己會退學，你也可能會牽連到須藤學長或本堂學長。我很了解你想去追篠原學姊的心情，但首先必須戰鬥並且存活下去。」

發現到時，這裡所有人都在認真傾聽七瀨的話了。

不只是因為她比任何摯友都更誠摯地回應池的煩惱。

「如果不能見面，如果不能再見到自己最心愛的人，就再也無法傳達這份喜歡的心意……！」

聽到七瀨的聲音，就算不看她的表情也會知道。

「妳、妳幹嘛哭啊？」

一直警戒著七瀨的須藤這麼說，感到慌張。

「你不認為自己沒有空閒煩惱了嗎，池學長？」

七瀨不管自己正在哭，而是這麼問池。

「……是啊，我必須先順利考完這場特別考試，是吧。」

身為學妹的七瀨的這席話，好像比想像中還要更深入池的內心。

「抱歉，健、遼太郎。我……這兩天大概給你們添了連我都無法想像的麻煩吧？」

面對池這樣的懊悔，須藤他——

「哎呀，那種事……唉，可能有一點吧。」

他沒有辦法斷言完全沒有，不過這樣或許反而比較好。

「老實說，我還是會在意篠原的事。可是……總之，要是不熬過特別考試就沒意義了吧。要是不這麼做，一切都會白費。」

「對、對啊，寬治！」

本堂也同意，幫忙帶動氣氛地喊道。

損友有時是種棘手的存在，不過有些時候也是任何事物都難以取代的。

總覺得透過這晚讓我學到了這件事。

而七瀨的眼淚——我不認為那純粹是演技，或情緒激動才順勢哭的。

過了早上六點。我在開始變熱的帳篷裡，聽見外面傳來的聲音。

「不好意思，綾小路學長，你醒著嗎？」

「等一下，我出去外面。」

七瀨來訪，我回應她的呼喚而走出帳篷。

「一大早，真是不好意思。」

「我醒著，所以沒關係。也差不多必須收拾出發了呢。怎麼了嗎？」

她看了周圍的帳篷，確認大家都還沒起床的模樣後，就輕聲說：

「是有關池學長的事。我在想昨天是不是有點說得太過頭……」

「這個嘛，該說是講得太過頭嗎？感覺是把話說得很清楚。」

我原本也覺得她有點越界，但她本人似乎姑且反省過了。

「多虧妳，池重新站了起來。不對，該說是豁出去嗎？我認為他會很感謝妳喔。」

「你這麼認為嗎？」

我立刻點頭同意，她看起來卻有點難以接受。

「我總覺得有點擔心池學長。我在想會不會因為昨天的一番話，反而害他做出亂來的行為……所以我很不放心要離開這裡。」

「我也不是不懂妳的心情……」

我也同樣在意池的精神狀況，不過要一起行動會伴隨很大的風險。我跟池是完全不同的行程表，也無法預測指定區域會在哪裡。

視下一個區域而定，也有可能必須前往完全不同的方向。

七瀨的這項提議，是出於想法天真，還是因為某些刻意的理由呢？

假如是後者，這單純是為了不讓我前往指定區域嗎？

不對，就進攻手段來講，這實在是太無力了。

雖然我無法完全捨棄不論形式為何，只要可以成為妨礙就好的可能性……

「果然不行，對吧……要是分開的話，大概也不可能會合。」

「不——我想想。」

那無法說是好戰略，但也並非無法執行。

一面防備她，一面掛心須藤小組的辦法——

「說極端一點，如果只考慮會合，這也不是那麼困難。因為只需要先決定碰面地點就好。就算有一段距離，只要有體力走路，這就有可能實現。」

指定區域也好，課題也好，到了下午五點，一天的課程必然會結束。

換句話說，下午五點到早上七點要在哪裡做什麼都是自由的。

「是沒錯……」

現實層面來說，好壞當然另當別論。

隔天該前往的區域越是互相衝突，會合點就會變得越困難。

「先看池他們的指定區域在哪裡，應該比較好。」

如果跟我們是完全不一樣的路線，就該及早放棄。

我整理完畢、吃完飯時，到了早上七點，並且被通知了第一次的指定區域。

「Ｈ７嗎？」

不至於說是糟糕透頂——但再怎麼樣，我也說不出這是個很理想的區域。

界線很微妙，不知現在開始的兩個小時能否抵達。

不過如果在這裡無視，我就算是無視第二次了。

假如下一次是隨機指定，指定區域跑到隔著山脈的西側，我就會趕不上。

「要是在九點被隨機指定，就會很棘手了呢。」

從這裡一直步行兩小時，就算進行得很順利，頂多就是Ｉ８或Ｉ７吧。

當然，要兩小時抵達H７也不是絕對辦不到……

要把七瀨捲入那麼強硬的行動，會伴隨相當大的風險。

「也能不勉強過去，選擇無視第二次。」

懲罰扣分是從第三次的無視開始。

雖然即使無視H７也沒問題……

假如陷入泥沼，就可能遲遲無法抵達指定區域，被目的地耍得團團轉。

「須藤，你那邊的指定區域是？」

「我們是I８，路途到中間都一樣呢。提起精神地走吧。」

意思是儘管目的地本身不一樣，但路途完全相同。

不過，這並不算恰巧，應該想成是很不走運。

這樣我採取強硬手段的選項就完全消滅了。

要是捲進我的步調，池和本堂毫無疑問沒辦法跟上。

「我們也是同一個方向，中途要不要一起走？」

反正都到不了的話，和須藤他們一起行動也比較好。

池的事情也一樣，就算路上發生麻煩，我們也可以互相幫忙。

「當然好。對吧，寬治？」

「呃，喔，當然。」

池好像想起了晚上的談話，有點難為情地回答。

池因為七瀨這個意外人物而受刺激。

雖然第三天的開始並不走運，但似乎不全然都是壞事。

平常的話，他可能會鬧著稱讚可愛並且搭訕別人，但現在沒做出那種舉止。雖在說出篠原那件事的隔天，本來就不會考慮去做這種事。不過，正因為他至今都有可能做出那種行為，或許他打算改變自己。

「好。我來打頭陣，所有人跟著我過來。」

須藤幹勁十足地旋轉活動雙臂，主動站在最前方開始帶隊。自從和須藤他們的小組一起行動，就變得滿熱鬧的呢。假裝有精神，也算是一種有精神。

「綾小路學長，你好像不太開心。表情很僵硬。」

「我很平常啊。」

「是嗎？」

我確實在煩惱指定區域，可是不認為自己有表現在表情上。

「妳在意是白費力氣喔，因為綾小路那傢伙一直都是那副表情呢。」

須藤補充般地回頭說。

我接受了這個不知是否該感激的圓場。

「沒錯。」

心情有點複雜，但我還是以順著他的形式回答。

須藤有點壞心眼地笑，接著到最前面找池說話。

「綾小路學長，你果然也對池學長有些想法吧？」

「妳過度猜測了，我覺得池有成長令人高興。老實說，我不懂妳說要擔心什麼的。」

「……這樣啊。」

我判斷貿然被須藤跟池聽見這件事不好，所以就在此結束話題。

走在前面的池，確實比昨天之前更可靠。我不會說他完全沒有心靈上的成長。關於這點，我認為自己對七瀨的回答也沒有虛假。

可是——這幾乎都還只是表面上的成長。只是他打算改變的第一步。視情況而定，不難想像他會停滯不前，或大幅退步。

人不會單純到自己想改變就能改變。七瀨也察覺了這部分，所以才會打算讓我理解。走在我身旁的七瀨的視線追著前方的池。她究竟真心為池著想到什麼程度呢？

前方傳來池他們的驚呼。

從森林中振翅而飛的野鳥飛往天空。

應該只有在這種無人島，才能親眼看見這種大自然。

總之，我現在也只能藉由和七瀨盡量一起行動久一點，來刺探她的真面目。

1

我們在迎接上午九點前，位處Ｉ８的東南方。這一條道路雖險峻，但七瀨走在後面，呼吸完全沒有凌亂，就算再加速前進，似乎也能順利跟上。須藤到剛才都跟我們一起行動，他一抵達Ｉ８，就匆匆地前往出現在Ｉ９的課題。

「總之，先移動到Ｊ９。」

「這麼做是為了降低九點時踏入指定區域的機率嗎？」

「對。」

從這裡的話，不用幾分鐘就能移動到Ｊ９區。

我在平板上做確認，抵達Ｊ９區則是在時間截止前三分鐘。

坐在我附近的七瀨看向我的畫面。幾秒後就會進入九點。

「學長……」

七瀨確認完指定區域而抬起頭。下一個移動區域是第二次的隨機指定——J5。雖然穿越森林會有點棘手，但直接往東前往海邊，然後沿著沙灘北上就可以了。

就算同一份行程表的學生們抵達H7，要穿越森林也很花時間。

我們這邊距離比較遠，但也極有可能一口氣甩開競爭對手們。

最重要的是，我們都不知道隨機指定會到哪裡。

可以說幸好這還在容許範圍內。

我們沒有繼續交談，馬上開始再次移動。

我決定朝著海邊前進。

不到二十分鐘，我們就從I8的東北方站上沙灘，直接往北前進。

這是在路途中，抵達J6區時發生的事。

我們碰到大人們正在匆忙準備的現場。

我觀察狀況並且通過，打開平板後，就發現課題出現了。

「沙灘搶旗比賽嗎？」

可以說真的很像海邊會出現的課題。沙灘搶旗原本是為了鍛鍊救生員的反射神經或跑步能力而想出的運動。

正在招募八名男生、八名女生單獨參加。

由於同組只能一名參加，所以這是依照男女別，各八組參加的課題。

報酬只有第一名有的六分，而且可以從數個品項中挑選贈品當作追加報酬。

還附上了可以獲得一罐五百毫升的水當作參加獎。

課題的存在會透過平板通知，但像這樣經過準備地點的話，也可以在很早的階段就察覺其存在，也有可能比任何人更早參加，問題是沒辦法知道課題的內容。當然，如果是淺顯易懂的課題，應該也可以從工作人員在做什麼去推理，但若是某種科目的考試，就很難推理了。不過，這次距離報名截止是六十分鐘。如果現在報名的話，就會在這裡無法動彈，外加也得放棄拿下指定區域抵達順序報酬的可能性。

我先在這裡無視課題，把抵達指定區域放在優先，並且繼續走路。

接著踏入J5區的階段，手錶傳來了信號。

「成功了呢，學長。」

抵達需要的時間是一小時左右。這個時間通常只有抵達加分也不奇怪，但我運氣很好，拿到了第一名，七瀨也確實地得到了抵達加分一分，各自累積了分數。能否拿到抵達順序報酬，要取決於天澤與寶泉，所以這部分我不會知道。

好啦，接著就是去參加沙灘搶旗的課題。

我和七瀨為了進一步累積分數而折回了J6區，以參加課題為目標。

可是，這裡卻發生意料之外的發展。因為已經有許多男女湧入沙灘搶旗的課題，並且排著隊。在我們經過準備課題時的階段，還沒有任何人在這裡。似乎在這麼短的時間內，就聚集了這麼多人數。

「或許勉強來得及參加呢。」

「是啊。說不定其他行程表是被指定在J6區。」

「是啊……」

「總之過去看看吧。」

「是！」

2

我進入J6，來到課題前。

男生的人數好像超過了名額的八人，但現在還不清楚情況。

組內只有一人可以參加，所以我應該還有機會。

三年級的男生發現我們接近而來。

不久前都與朋友開心地閒聊，但其中一人——學生會副會長桐山，他一發現我的存在，態度就為之一變。他連忙跑到負責人身邊搭話。

儘管很在意那不可思議的舉動，但我還是來到負責人的身邊。

我表達了自己希望報名的主旨，但很遺憾的是，剛才來跟他說話的三年級生好像就是最後一人，我被告知已達規定人數。這樣我就是不可能參加的狀態，湊齊規定人數的男生馬上進行換裝。

另一方面，女生是七人，還有一名空缺。

「綾小路學長不能參加，那我就不會參加。畢竟這樣會讓你等。」

「不，我也正想休息一下。妳最好參加。」

「可是……」

「妳都讓出了區域抵達順序的報酬，這樣也會逐漸形成得分的差距。雖然能不能贏是另一回事，但如果妳自己認為有勝算，那參加應該會比較好。」

距離時間限制還有十分鐘，只要七瀨報名的話，就會達到規定人數。

換句話說，她也能不浪費時間地挑戰課題。

「謝謝你。那麼……我打算參加。」

既然很有可能會被其他年級撿走分數，她就應該積極地爭取。就算她是要求一起行動的立場，也必須在這裡強硬地參加。因為可以站在避免陽光直射的待命用帳篷裡，所以我移動到那邊。

男女生的泳衣似乎都有準備好幾種類型和尺寸。比賽或許可以說是從挑選適合自己的泳衣開始。不過，由於不是專門用在游泳上，因此挑選什麼似乎都不會有太大的差別。

從簡易更衣室換裝完畢的男學生一個一個出來。男生基本上似乎都穿寬鬆短褲型的正規泳衣。要說有不一樣的話，大概就只有花色。周圍的小組學生們對夥伴的登場發出了歡呼。

我看向聚在那裡的異樣成員。男生的參賽者全是三年級生們。相較之下，女生的參加成員中就有七名是三年級構成。勉強趕上的是一年級的七瀨。

組別可以參加的學生是一人。換句話說，這裡至少集結了十五組三年級。不管是為了指定區域或只是為了課題也好，沒看見其他年級的身影並不尋常。

這麼一來，吸引我注意的就是副會長桐山。假如是為了讓桐山獲勝而動用大批人數——無關乎我這樣的假設，沒多久就做好準備的男生開始比賽。一對一比賽獲勝的學生，將會晉級下一場比賽，贏三次就會優勝，是這種單純的淘汰賽。假如已經決定要讓桐山獲勝，只要看見比賽的熱度就會知道。

因為有沒有打算認真贏，會對比賽帶來很大的影響。

不過，第一戰就展開了意外的激戰。跟桐山比賽的是和他同班的男生。從起跑姿勢起身，雙

方幾乎是同時飛奔而出，也是以類似的時機往旗子跳過去。決定勝負差距的可以說是手臂長度。桐山抓住旗子，贏得了第一次比賽。

不只是這場比賽，全體三年級比賽，都有股自己一定要勝利的強烈意志。完全沒有顧慮桐山或是別人的狀況。

應該也不是因為我正在觀戰，他們才使出真本事。桐山沒有那麼防備我，不可能因為這樣就統籌所有人的意志。既然如此，又該怎麼解釋眼前這一群三年級生呢？或許有某些事正在進行，並且超乎我的想像。

在所有比賽都很激烈的情況下，女生們也換完衣服開始集合。話說回來──在八名女生中有五名都很一般地選了學校泳裝，總覺得七瀨在這情況下挑選的泳衣真是既大膽又突出。

在男生的戰鬥分出勝負前，似乎可以自由地等待。

我靠近七瀨，找她說話。

「我可以問個問題嗎？」

「什麼事呢？」

用比基尼打扮開始暖身的七瀨，覺得不可思議地抬頭看我。

「那個，該怎麼說，妳挑可愛的泳衣是有理由的嗎？」

如果要簡單比個賽，穿學校泳衣好像就沒問題了。

「理由嗎？因為電視上看到的沙灘搶旗比賽，都給人穿這種泳衣進行的印象，所以我認為穿學校泳衣參加可能會很奇怪。我弄錯了嗎？」

不，如果要說電視之類的，那她一定沒有弄錯吧。

因為這應該是來到海邊的人，經常當作玩樂之一進行的項目。

接著七瀨一邊暖身，一邊觀察比賽的過程。

男子賽漂亮地以桐山獲勝結束。不愧是打算挑戰南雲的人，他的身體能力應該就像ＯＡＡ顯示的那樣，就是Ｂ＋了吧。

好啦，接著是女生的部分。七瀨出場了。第一場比賽很快就唱到七瀨的名字。她移動到對決的地點。對手是三年級的富岡。身體能力Ｃ＋，這名對手算是有一定水準。另一方面七瀨的身體能力是Ｂ＋，高她一等。不過身體能力強未必會通往勝利。

綜合能力是綜合能力，各個學生一定都有擅長與不擅長的事。

有無沙灘搶旗的經驗也很重要，不過當作純粹看反射神經與跑步能力應該也不會有錯。究竟是誰比較厲害呢？七瀨隨著槍聲信號快速起身，然後踢著沙子一口氣往旗子飛奔。

三年級的富岡連上演勝負難分的比賽都無法就輸掉了，她目瞪口呆地看著天空。

雖然起跑的時機，某方面也是偶然下的產物，可是七瀨的動作很完美。

這就是她的反射神經，明顯比富岡優秀好幾階的證明。

七瀨有多難對付，應該也有傳達給正在觀摩的六名競爭對手們。比完剩下的三場比賽，湊齊前四名選手，反射神經和跑步能力依然都是七瀨出類拔萃。

但她還是不能大意輕敵。即使是反射神經，也非常可能因為大意自傲或其他原因而遲鈍，而且就算對腳力很自豪，若因為沙子而腳步不穩地絆倒，那就到此為止了。

不過，不太會發生出人意料的事情。

七瀨在第二場比賽也拿下從容的勝利，在爭奪分數上迎接最後的階段。

「真棘手。」

觀戰中的桐山，對一年級的七瀨說出了坦率的感想。

這當然不是對我說的話，而是對小組的夥伴。比賽順利地進行，決賽的對手確定了。這邊也是同為三年級生的德永。到這邊就出現了身體能力B＋的同等級對手。她目前的兩場比賽都跟七瀨一樣，毫無懸念地勝出，一派從容。強者們理所當然地進行決賽，七瀨與德永到了起點就定位。

剛才都還熱鬧不已的場外，也靜靜地等待起跑的信號。

在工作人員發出的槍聲響徹海灘的同時，兩個人都在類似的時機反應並起身。雖然這是個精彩比賽的序幕，但難分上下的情況也只到這裡為止。

起身後的第一步以及蹬沙的腳力，都是七瀨強得多。她俐落地撲向沙地，漂亮地奪下旗子。晉升到決賽的德永，好像正因為自己有做出完美的起跑，才更感受到實力的差距。她被展示出連不甘心都沒辦法的差距，所以有點傻眼地苦笑。她主動要求握手，對小兩屆的一年級表示了敬意。

七瀨把沙子沖洗掉，單手拿著參加獎的一瓶水回來。

在這炎熱天氣下比了三場激烈的比賽，冰涼的水應該很沁涼。

我走到比完決賽而稍作休息的七瀨身旁，這麼搭話。

「壓倒性勝利呢。」

「謝謝，勉強贏了。」

她的肩膀有些起伏與呼吸紊亂，但不怎麼讓人感覺竭盡全力。似乎能說是游刃有餘的勝利。一年級與三年級，乍看似乎對學妹不利，但女生普遍都有較早迎接體能巔峰的傾向。要說十五、十六歲與十八歲幾乎沒差距也不會有錯。會大幅左右勝敗的是比賽經驗，但沙灘搶旗的話，多半都沒有體驗過。

不對——好像也不需要這種分析。七瀨翼的身體能力高於ＯＡＡ的評價。入學時似乎會反應國三時的成績，但現在已經是夏天了。

七瀨卻還是保留在B＋的位置。

看起來得到A－或A的評價也不奇怪……

「綾、綾小路學長？」

「嗯？」

「該說你在旁邊盯著看，會有點緊張嗎……」

七瀨擺出有點困擾的表情，將視線飄到其他地方。

「噢……說得也是。抱歉。」

就算要分析，等七瀨換完衣服再來應該也不遲。

桐山等三年級完成課題，馬上開始準備離開。應該能視為是為了尋找下一個指定區域或課題而移動。

這樣的桐山，現在才靠近我。

「綾小路，你可別多嘴。」

他只說這麼一句話，就遠遠看向我身後的大海。

我受他影響而回頭，接著發現好幾個人影在淺灘上移動。

於是就理解了桐山那句話的意思。

因為學生會長南雲不知何時到了海邊玩耍。

南雲似乎也發現我正在看他，輕輕招手叫我。

「我再說一次。別妨礙我。」

「我知道。」

桐山為了前往下一個地點，而帶著小組的夥伴，從沙灘前往森林。

「七瀨，我去跟學長說句話，妳慢慢換衣服吧。」

「謝謝。」

我也不能無視，就去跟南雲聊一下吧。

而且我也不是沒有在意的地方。

「看你的樣子，你好像沒成功參加課題耶。」

「彼此彼此吧？還是說，你來到這個地方，只是指定區域呢？」

「這個嘛，不知道耶。」

南雲避開話題似的笑著。

「你要不要也來游泳？」

「我非常想這麼做，可是我的點數沒有充裕到能像南雲學生會長你這樣租借泳衣。」

不只南雲，朝比奈和幾名三年級都有借泳衣。

就連屬於玩樂道具的沙灘球都借，還真是風雅。

「你們好像滿從容的呢，我還以為大家都會拚命搜刮分數。」

「也需要稍微喘口氣吧？而且——正式考試是從明天開始。」

明天——換句話說就是進入中盤戰的第四天開始。

是平板上會告知所有小組的前十組、後十組的那一天。

「假如有三年級以外的小組擠進三名，我就會在那時行動。一年級和二年級不可能站上領獎台，就算是你也不例外。」

也就是說，南雲訂定了不會敗北的戰略。

前提當然是他在這裡說的話沒有騙人。

「我會心懷感激地聽進你的忠告。」

他好歹也是站在這所學校頂端的三年A班領袖。

而且若是學生會長，應該不可能只是嘴上說說。

「但我是單獨一個人，別說是前幾名，說不定名字還會在後段。」

「那就盡早和別人組隊吧，要是你擅自自毀並退學，堀北學長應該會很失望。」

「南雲——可以來一下嗎？」

三年級的益若，在我身後不遠處呼喚南雲。

南雲輕輕舉手回應，靠近了從海邊上岸的益若。

雖然交談的距離很足夠，但這應該是不能讓我聽見的話題。

朝比奈不知何時就停止玩耍，並看著這種情況。

確認與南雲保持足夠距離後，就往我這裡靠過來。

「哈囉，聽說你是一個人在努力嗎？」

「算是吧。我想妳剛才也聽見了，我正在打一場苦戰。」

「這樣呀……可是，或許偏偏這次，這樣也好呢。被雅盯上的話……可能會很不妙。所以，這是我給的建議——綾小路同學，你最好趁現在跟人多一點的小組——」

「時間到了，差不多要走了喔，朝比奈。」

朝比奈原本正打算對我說什麼悄悄話，但南雲回來，她就把話收了回去。

「那、那麼，你就加油吧。」

「謝謝。」

雖然得不到朝比奈給的建議，但我還是隱約可以推知。

正因為是南雲雅，才能採取的戰略。

要是那個戰略執行的話，在這場考試的特性上，我的確會被迫進行嚴苛的戰鬥。

不過，南雲會不會毫無意義地對我使用，又另當別論了。

因為現在的我就連出現在前幾名都不可能，是無害的存在。

3

我們今天第三個指定區域是H5。

儘管不能走在海邊，但是相較之下應該被選到了比較像樣的地方。

「雖然有一段距離，不過也是到得了，沒有問題呢。」

「有一個小時的話，或許就總有辦法了。」

當然，如果目標是抵達順序，就必須以比今天早上更快的步調走路。

不過，就算做到那種地步，可以得到的分數恐怕也只有一分。

這是個會希望避開課題的情況，但目前的課題多半集中在島嶼西側，我們位在東側幾乎無處可以前往。我要不放棄抵達順序的希望並趕緊前進，還是只要紮實地得到一分的抵達加分呢？踏進這座無人島已經是第三天了。

差不多要被迫做出這種決定了。

「七瀨，妳手邊的水呢？」

「今天早上喝完了手上的份。現在只有剛才得到的一瓶水。」

所以她是跟我一樣的狀況。我擁有的水也剩下一瓶五百毫升。

就算節約用水，如果反覆長距離移動，光是今天就會缺水。

也就是說，讓人煩惱水分不足的發展將會到來。

我在開始時攜帶的水量是三點五公升。就算跟我一樣節制地使用，大部分學生在今明兩天都會用光手上的水吧。整體上有幾成並不明朗，但可以預想接下來都會持續辛苦的日子。

「這是最初的關頭了。」

「需要想辦法確保飲水呢。」

如果我一個人，在白天就會準確地確保四個指定區域，並在空出的時間完成課題，接著返回起點補充水分，為明天做準備。我原本把這種形式訂為戰略之一，但這在七瀨同行的狀況下也很困難。如果跟她解釋這件事，她一定會打算跟過來，但不顧後果地亂來並弄垮身體，七瀨就會退出考試。

雖然我大概沒必要在意身為敵人的學妹。

現在要專心往目的地不停地走。

「綾小路學長，你為什麼決定孤軍奮戰呢？」

「因為我的朋友很少，找不到願意跟我組隊的人。」

「我不這麼認為。」

「要好的朋友真的很少。稱得上朋友的人不多。」

「就算是這樣，應該也會找到願意組隊的對象。」

「妳很好奇嗎？」

「我很好奇。因為單獨行動，不是有百害而無一利嗎？」

走在我身後的七瀨，快步地追到我的身旁。

接著對我投以要確認真正想法的眼神。

「面對寶泉同學時，綾小路學長的行動也跟普通高中生不一樣。」

「如果妳知道這點，那妳也不是普通高中生呢。」

我立刻這樣回覆，七瀨就有點傷腦筋地苦笑。

「確實是這樣呢。」她接著輕搔臉頰，小聲嘟噥說。

只要我想問各種事，就可以直接問，但要不要說出真相取決於七瀨。

若是半吊子的謊言，我有辦法識破，但七瀨應該不會輕易地讓我看穿。

「單獨行動確實壞處較多。雖然在中途和別組合併的門檻很低，可是如果不好好賺取分數，也會給對方的組別添麻煩。」

「三個人賺到的得分會跟一個人賺到的得分均分，這也沒辦法呢。」

「不過，我要是對這件事有怨言，根本就是搞錯該怪罪的對象吧？學校一開始就推薦組隊。

決定單獨戰鬥的人沒有立場說三道四。」

不組隊和無法組隊的人，都只有做到那種程度的判斷。所以在規則上被逼到不利的境地並退學，也是自作自受。

「即使如此，也並非毫無勝算。加入煩惱分數不夠的組別，藉此產生意外的加乘作用——這種狀況也有可能吧。」

「綾小路學長，意思是你是為了製造那種加乘作用才單獨戰鬥……？」

「不知道耶。我認為我只是說出很一般的情況。妳要因此誤解，而刪除掉我只是組不成小組的可能性，還太早了喔。」

「呵呵，是啊。畢竟綾小路學長也有一些不善言辭的特質呢。」

七瀨的態度很委婉，但還是說出了這種話。

「你從以前就是這樣嗎？」

「這類型的個性，大致上都會始終如一吧？」

「我認為並非如此。個性陰沉的人也有可能因為某些契機而變成開朗的人。原本很開朗的人也可能會變得陰沉，不是嗎？」

雖然不是不能理解她想說什麼，不過人的本性又能改變到什麼程度呢？

「就算聽見陰沉的人變得開朗，我也只會覺得對方是在勉強自己。」

「可是，即使勉強自己也能顯得開朗，我認為很厲害。」

「……確實是這樣。」

就算突然叫我變成朝氣蓬勃的性格，我也沒自信可以完全辦到。

如果是平常不會見面的對象，當然可以暫時性的假裝，但若說能否在今後要共度一年半以上的同學面前做到這點，答案就是ＮＯ了。

「我沒辦法耶。七瀨跟國中時期有不一樣的地方嗎？」

我姑且這樣問。在不特別讓人為難的自然範圍內，試著詢問關於國中時期的事情。

如果她是White Room學生的話，當然不會讀國中。

我試著詢問的七瀨露出了稍作思考的舉止。

「不知道耶。雖然認為自己跟以前一樣，但或許有點改變。」

意思就是說，有讓她認為自己有點改變的要素。

「怎樣的改變？」

「以前——我好像更愛笑。」

改變的方向是開朗轉為灰暗。

「我覺得跟別人聊天、玩樂，都比國中時期還要少。」

這是編造的，還是事實呢？

「因為發生了讓我覺得自己變了的事件……」

那個事件是什麼——我自己也會顧忌這麼問。我判斷最好不要詢問其中的理由。這個話題是七瀨起的頭。我覺得她就像是抱著把話題誘導到這邊的目的。七瀨等著我的回應，不知何時開始慢下了腳步，回到後方固定的位置。我為了改變話題，換去聊其他事情。

「對了，妳的小組怎麼樣？得分有在增加嗎？」

「有。雖然不知道寶泉同學和天澤同學誰在課題上獲得的分數比較多，但他們好像比我活躍。」

如果她說的是事實，七瀨的小組似乎算是很高分。

就算限於抵達順序報酬，正因為難以看見，視寶泉和天澤而定，他們也有可能會得到。

「或許反而是我很危險呢。」

雖然有在一定程度紮實地累積，但很容易就可以想像到我掉到了後面幾名。

如果三人組穩紮穩打地累積分數，要超越我也不困難。

「到時就一起加油吧。」

「是啊。」

首先要確實抵達下一個指定區域。

我們以此為目標，走向無路的路徑。

4

下午一點五十五分。我們花了不到一小時就抵達指定區域H5。

果然是一分，但可以確實地得分是很重要的一步。

接下來的一小時是空檔，所以可以的話，我想先完成課題。

課題原本集中在西側，現在開始集中在東側。

「走得動嗎？」

我對在原地坐下補給水分的七瀨搭話。

「啊。可以！」

她光是慢了點跟上來就很了不起了，但也無法說完全不累。

「不勉強自己，先在這裡休息也是很必要的。」

「可是……」

七瀨的心裡似乎閃過不安，覺得我是不是會丟下她走掉。

「我對一起行動有所不滿的話，就會直接說出口，不會做出默默消失的舉止。而且在這邊勉

強自己，之後變得跟不上，對妳來說也很辛苦吧？就算今天已經沒有隨機指定的移動，可是如果以抵達順序報酬為目標，也可能要用跑的。這樣的話，我也沒辦法等妳。」

儘管露出不甘心的表情，七瀨還是斟酌了自己的體力，並點頭同意。

雖然對七瀨很抱歉，不過這樣我就可以暫時沒有限制地行動了。

儘管不知道她能否參加，但順利的話，她應該也能參加兩三個課題。我為了參加相同地區內馬上就要開始的「歷史」學力考試而前進。第一名可以拿到的分數就有五分，獲勝的話也可以得到食物，所以我想要確實地賺取報酬。

參加人數最多八組，因為不是很多，趕緊過去可能比較好。

這時，我馬上就看到三人組爭先恐後奔跑的模樣。目的地似乎跟我一樣都是歷史課題。

幸好我沒被看見身影，所以儘管要改變路線，我還是繼續飛奔而出。

我要是慢吞吞地走，就會被那兩組超前。我跑過森林，一口氣抵達課題地點。好像已經聚集了一定的人數。

雖然不是學校的教師，但我還是向拿著平板的大人搭話。

「請問可以報名嗎？」

「可以。你是第七組呢。」

我完成報名後，就看見剛才的兩組前來此處。

二年級小組的橋本稍微領先。

他似乎有發現站在身旁的我，但比起我，他還是先找大人交談。

「還能報名嗎！」

橋本好像跑了相當長的距離，渾身是汗地喊道。

「你就是最後一組了——」

大人看向橋本身後。是在看追過來的小組。

先不說第二名登場的神室，第三名到第五名出現的全是一年級的小組。

橋本剩下的一名組員是第六個抵達，大幅落後。

這個課題能以組別為單位參加，但人數沒有到齊，當然就無法受理。組員之後才來的這種藉口是行不通的。即使只是在三十秒之後。

要是這段期間一年級的三人組趕上，報名資格就會被搶走。

這時，橋本在神室設法追上後——

「要參加的是我還有她。」

他選擇放棄一人，兩個人報名。

一年級生們不甘心地一屁股坐下。辛苦卻沒有收穫，對精神上影響很大吧。

另一方面，儘管錯過三個人參加，橋本好像還是感到心滿意足。能以組別參加的課題，是人

數越多越有利，但能否參加會有著天壤之別。

「對、對不起，沒、沒有趕上……！」

顯得奄奄一息的二宮這麼道歉，但他們兩人當然不會責怪她。

二宮的學力是無可挑剔的A－，但身體能力是D－。

「話說回來，妳還真行耶，小真澄。」

「吵死了，別跟我講話……又熱又流汗，真是糟透了……！」

神室光是調整呼吸就要竭盡全力，她揮手驅離靠過來的橋本。

「是說，我在考試上是第一次見到你耶，綾小路。你也過來這邊啦……不過你居然是單獨參加，這很需要勇氣吧。你有賺到不少分數嗎？」

「說真的，進入後面十組也不奇怪。」

「別說笑了啦。沒自信贏的傢伙，不可能選擇單打獨鬥。」

實際上我沒有那麼從容，不過也不打算把平板拿給他看。

「這下子要是哪一天你進入前十組……你懂吧？」

他對我投以有點試探般的眼神，但那種發展絕對不可能。

「總之，幸好這不是數學。面對數學天才，我可沒有勝算呢。」

「那麼，接下來開始進行課題。」

「噢，聊天要結束了嗎？」

最後一組湊齊了，所以課題馬上開始舉行。如果積極參與課題，也會像這樣經常要和同年級互相競爭。可是，我不會在這邊半吊子地放水。再說，基本上考題全是四選一。

就算分數高一點，也很容易找藉口說是矇對的。

我在看平板的時候，橋本也會不時對我這邊投以刺探般的眼神。

他在很早的階段就對我的存在感到疑惑，這也理所當然。

後來，我挑戰了總共二十題的歷史題目。老實說，問我擅不擅長歷史題目，我會回答不擅長。因為在White Room裡不太講求教育過去的歷史。話雖如此，我還是有記住常識範圍內的知識。

也因為是四選一，我順利地答對了所有題目。

過了一會兒，計分結束之後，同時公布了總共八組的成績。

第一名是拿下一百分的我，第二名是八十分的三年級組別。第三名是七十分的橋本、神室雙人組所獲得。在收到分數和食物的同時，我就立刻邁步而出。橋本跟著我並追了過來。

「真是敗給你了耶，你竟然連歷史題目都擅長啊。」

「我也很驚訝。四選一的運氣救了我不少題目。」

「只是因為運氣好嗎？我實在很難相信耶。」

「你不相信也沒辦法。抱歉，我正在趕路。」

「下一個課題，你打算挑戰哪一個呀？」

「我打算去化學課題。你呢？」

橋本他們的組別可能也在想同一件事，他看了一眼從後面跟過來的神室。

「真遺憾。你跟我們的選擇不一樣。」

橋本這個男人很會計算得失。如果要跟會確實把勝利捧走的對手考同一項課題，就算會遠一點，他也寧願換到可以撿到勝算的方向。

其實為了知道我的實力，他大概很想跟我挑戰相同的課題。

聽見這番對話的神室，露骨地一臉不情願。

如果還要再去一個課題，當然會耗費很多體力。

「回頭見啦，綾小路。」

橋本帶著神室快步前往另一個課題。如果他們的背後有坂柳，那遲早都會跟一之瀨小組合併，並形成六人的體制吧。

後來我在參加的化學考試上也拿下第一名，進一步累積了五分。
這樣我在第三天還剩下最後一個指定區域的時間點，得到的分數就是四十八分。
若三人組沒有抵達順序報酬，抵達了所有指定區域，然後沒有完成課題——以此計算就會是三十分。

5

目前無法正確地得知排名，不過四十八分究竟會是第幾名呢？
今天下午三點開放的最後一個指定區域是I４。
「妳的體力怎麼樣？」
「託你的福，已經恢復了。心理上也做好了準備。」
既然這樣，今天接下來也沒有行程，我就全速前進吧。
我決定了方位，打算獲取抵達順序報酬而開始快步移動。
我們不發一語地開始走，但跟昨天比起來，周圍的狀況有了更多變化。
「話說回來……這一帶都沒有像樣的路呢。」

「是啊。看著地圖的話，會以為這裡比D或E區更輕鬆，但這想法太天真了。」

這裡不是陽光會完全被遮住的深邃森林，但地面很雜亂。這是一條就算想前往特定方向，但不左右迂迴就會無法好好前進的道路。

踏進這一帶的學生可能都會很辛苦。

要是急急忙忙地用跑的，就會腳步不穩並且跌倒，也不難想像搞不好會受傷。

「不好意思，學長，你打算怎麼確保飲水呢？」

雖然我接連在歷史與化學上獲得第一名，但沒有水的報酬。

剩下的水就只有一瓶五百毫升。

「假如這件事比抵達指定區域更優先，那我們要不要前往H3出現的課題呢？」

H3出現了還會再受理五十分鐘的課題，不只是分數，還附上了可以獲得飲水的權利。而且還是兩公升的礦泉水。

「競爭率應該很高吧。」

我一邊說話，同時不停下腳步，持續前進。

差不多要開始出現跟我們一樣缺水的組別了。

「就算說可以在課題上拿到，機會也是相當有限。」

整座島第一天出現的所有課題是六十八次。

第二天是一百次。今天第三天的這個當下是九十四次。

雖然說是日益增加，但課題也只有組別數以下的數量。

其中也有只有第一名拿得到報酬的課題，因此即使把會計算到第三名的課題都囊括在內，各組一天站上一次領獎台就已經算是不錯了。

優秀的組別，當然也會在一天之內拿下三四次第一名。

如果考慮這點，就算存在已經耗盡飲水的組別也不足為奇。

這麼一來，他們就會被迫返回起點，在受保護的安全地區戰鬥。

因為沒有抵達指定區域，無法好好賺分，就會讓出現在附近的課題的競爭率提昇。

別說是得分，分數漸減與每況愈下的戰鬥也很可能會成真。既然現狀下是指定區域被迫來到無人島的東北處，那我也無法如願地趕緊去補充水分。

「學長應該是有什麼想法吧？」

七瀨追上來與我並排，看向我這邊。

「妳怎麼會這麼想？」

「該說是對於水的危機意識這部分嗎，我不覺得你有在想方設法。」

「我可能只是走一步算一步，認為船到橋頭自然直喔。」

「這、這樣的話，我會有點傷腦筋……」

七瀨有點慌張地露出困惑的表情。

「我原本就打算採用緊急時回到起點的計畫。」

「視狀況而定，這樣也會非常嚴苛吧？假設要從這個地方回到起點的港口，也不知道要花上幾個小時。晚上前進速度也會很慢。」

當然，這個戰略並非在哪裡都能執行。

離起點越遠，失去時間與體力的風險就越高。

「不過，用那種戰略戰鬥也在我的考量中。」

「水是絕對必要的東西，但你也可能會因此而受傷。就算說客套話，這個戰鬥方式也不能說是很明智。」

七瀨的這種不安，確實也是理所當然的指謫。

「可是，你卻說你只有想到這種危險的作戰嗎？」

「要是查一下這場特別考試的規則，確實地追加得到飲水的方法，就只有在起點付出兩倍價格購買，或是完成課題得到手。」

「這……是的。這沒有錯呢。」

「其中只有用點數購買，才可以確實地獲得安全的水。」

「安全的水……是嗎……」

「除此之外的水，無論如何都要仰賴大自然的資源。像是海水、雨水，或河水。雖說這裡現在是無人島，但我們也不知道詳情。如果過去有人居住，水質也有可能受到汙染。」

當然很難想像校方會挑選那種地方，可是這也沒有絕對的保證。

「要是倒下，單人組一次就會出局。即使機率只有百分之一，我也不想要做出提昇風險的舉止。」

「在夜晚強行前進，也算是危險度高的風險。」

「那是指失敗的狀況。」

「……意思是如果是綾小路學長你的話，就不會有問題？」

就算繼續這個話題，也已經沒意義了。

因為只要我同意七瀨一起行動，就不打算使用這個戰略。

「雖然我的說法有點拐彎抹角，不過我還是有準備利用海水或河水的手段。為了保險起見，我有先準備好鍋子。打算在必要時煮沸消毒，用來當作飲水。」

七瀨聽見這句話，就鬆了口氣。

她暫時繼續走著，看見潺潺流水後，就急忙拿出平板。

「那個，學長，我們走偏了。我想需要更往東邊走。」

雖然該前往的是Ｉ４，但我們現在位在前往Ｈ４中央的位置。

如果要以最短距離前往I4，就應該像七瀨說的那樣，在更前面的地方往東走。

「沒關係，這次就不拿抵達順序報酬。」

「咦──？」

她很疑惑我就這樣繼續走，但依舊跟了過來。

不久，就在靠近H4中央附近的地方遇到正在努力設置考試的坂上老師。

果然是這裡嗎？至少到今天為止都跟預測的一樣。

「您好。」

「唔……是綾小路啊。」

坂上老師一臉驚訝，但其實經常有可能像這樣遇到學生。

因為如果要設置課題並開始的話，一定會需要事前準備。

「我可以最先報名，對吧？」

「沒錯。」

「太好了呢，學長。我們運氣好，在課題出現前就發現了。」

「是啊。」

坂上老師也沒有餘力跟我說話，因此立刻再次開始工作。

接著幾分鐘後，時間來到了三點三十分。

「那麼接下來開始接受課題的報名。」

我聽見這句話，立刻向坂上老師表明參加，七瀨也接著說要參加。

我們快速地在平板上完成登錄。

「可是，請問這是什麼課題呢？」

坂上老師對打算打開地圖確認的七瀨說：

「這是按照抵達順序獲得水的課題——『競爭』。第一名是綾小路，會發下兩公升的水以及三分，第二名是七瀨，會有一點五公升以及兩分。」

「換句話說——意思是已經完成課題了，對嗎……真是驚訝。」

坂上老師拿出報酬的水，各自交給我們。

「你們的運氣也是一種實力，真是太好了呢。」

「……真的很幸運。」

七瀨一邊收下，一邊有點害臊地低頭。

「雖然只有一段時間，不過這樣就可以不用思考飲水的問題了，真是太好了呢。」

「那個……能讓我確認一件事嗎？」

我回頭看著停下腳步跟我說話的七瀨。

「什麼事？」

「我認為如果沒有評估錯誤的話，你應該是可以瞄準更前段名次的人。不論是指定區域還是課題，應該都可以累積更多分數。」

她確認這兩天一起行動時掛心的事。

「我原本就不打算在初期到處奔走。既然是單獨行動，要是勉強自己導致受傷或倒下，那就沒意義了。」

「可是，我認為這樣下去，分數應該只會被拉開。不論是指定區域還是課題都有時效。無法一天就大量賺到分數。」

她說除了勤勉地不斷累積，別無他法。

如果是有能力的組別，當然會這樣腳踏實地地累積。

「那我就說這也是戰略之一吧。」

「不刻意勉強得分就是你的作戰……是嗎？」

我點頭，再次走起路。後面就不是能說給七瀨聽的事了。

雖然一起行動，但既然學年不同，就是明確的敵人。再說她也是謎團重重。

「總之，還是有可能拿到指定區域的抵達順序。要趕路了喔。」

「好、好的！」

我和連忙跟過來的七瀨一起趕往I4。

6

幸運不會接連發生。雖然我們抵達了I4，但再怎麼說，還是無法得到抵達順序的報酬。後來也沒有幸運碰到課題，於是我們今天的戰鬥就暫且結束了。

「請問要走到河邊嗎？」

「說得也是。這一帶也不好走，不適合睡覺。移動看看吧。」

「好的！」

我們劃開沒有道路的路南下，朝著河邊前進。

花了二十分鐘穿越森林後，就抵達了河川。

「就在這附近紮營吧。」

「也是呢。」

兩人意見一致，此時遠處傳來了聲音。

「喂──！綾小路──！」

從河川對面傳來很耳熟的男聲。

那裡出現池雙手抱著枯枝的身影。

「果然是綾小路和七瀨呀——！原來你們在這一帶——！」

池靠過來之後，就露出潔白的牙齒。

「好巧喔——！你們今天要在這附近露營嗎——？」

兩邊都像是要蓋過河流聲音地拉大嗓門對話，但過不久，池打算跟我們會合而打信號示意。

我們隨著池前往河川的上游。

然後走到連接陸地的H４南側完成會合。

於是，就發現那裡也有聽見了聲響的須藤和本堂的身影。

「你們今天最後一個指定區域該不會是……」

「是I４。」

須藤他們似乎也同樣是I４，我們彼此互看，相當吃驚。

「也有這種巧合呢。」

早上的階段同樣是在島嶼的東側區域，但最後的地點居然一樣。想到看見須藤的機會原本就很多，說不定就算行程表不同，也會有類似的傾向。

接著，我們決定跟昨天一樣一起露營。

也因為接下來是自由時間，所以我們各自都去做想做的事。

當然，該合作的部分還是會互相合作。

我告訴七瀨要去散個步，就獨自進入森林裡。雖然沒什麼深層的含意，可是硬要說的話，目的就是尋找其他學生。因為除了七瀨之外，我目前還沒找到明確是相同行程表的組別。

我在大約三十分鐘後回到露營地，就看見池正在生火。

「你們很節省呢。」

「自己能做的就必須自己來。我們不是提前知道這次是無人島上的考試嗎？所以，我覺得很多人都會做過各種調查才挑戰。」

池凝視著火，並這樣開口。

「可是啊，知識和經驗是兩回事吧？要是想做就做得到，大家就不用辛苦了。」

確實未必光看文章或影片就可以完全再次呈現。

自己直接動手嘗試，就會發現辦得到與辦不到的事。

「你在這裡呀，綾小路學長。」

「怎麼了？」

「因為你很晚回來，我稍微去找了你。」

七瀨這麼說，並看向森林裡。

我們似乎是擦身而過回到了河邊。

「好耶——該來吃飯了。」

「是啊。」

池賊賊一笑，從帳篷附近拿水桶過來。

然然後自豪地把內容物拿給我們看。

「哇，好厲害……！」

水桶裡有好幾條魚，好像是池釣來的。

「去海邊時有些時間，所以我就順便釣來了。我們來吃吧。」

池有點匆忙地著手準備餐點。

乍看之下表現得頗有朝氣，但很明顯是在逼自己打起精神。

不過，既然他比想像中更認真面對無人島考試，就暫時不用擔心了吧。

「總覺得有股很香的味道耶——」

當池正在烤魚準備晚餐時，我們碰到了路過的小組，不知道是不是被這股香味吸引過來的。

河邊視野也很開闊，所以沒什麼好不可思議的。

不過只有會遇上誰的部分完全無法預測。

「啊！」

走在後面第二個的女生和我對上眼，不禁出聲。

「怎麼了，輕井澤同學？」

「啊，沒有。怎麼說呢，那個，我只是想說他們在烤魚呢。」

她這樣說，把偶然遇見我而感到驚訝一事糊弄過去。

我在第三天才碰到惠，看來她目前過得很有精神。

惠的組員，兩個都是二年A班。

島崎一慶跟福山忍——兩人都是學力優秀的學生。綜合來看，雖然體力本身讓人不放心，但如果是筆試相關的課題，他們就擁有穩穩擠進前幾名的實力。

「欸，我們要不要也在這裡露營？池同學好像願意請客。」

「啥！為、為什麼我就得請客！」

「有什麼關係，你又不會少一塊肉。」

「你們吃掉就會減少！我拒絕！」

池原本就不喜歡惠，他露骨地拒絕。

但須藤用手臂環繞池的肩膀，並這樣輕聲說：

「算了——沒關係吧？篠原的事情，他們說不定會知道些什麼。」

池聽見這句話，也只能沉默。

至今在無人島都沒見到篠原。

如果是同班同學的惠，要是有目擊到對方的話，當然會記得。

「真、真是沒轍！那我多準備三人份的魚！」

「真的假的？真幸運——凡事都要試著講講看呢。」

惠是半開玩笑，卻以意想不到的形式，決定要跟我們一起露營。

話雖如此，也不是馬上就能準備好。

在池完成追加的烤魚前，感覺會花上一段時間。

我表示要進去一下森林，並跟惠錯開時間進去。

位置當然不會深到讓人迷路，只會是池他們的視線或聲音到不了的距離。我找到適合的大樹，在那裡跟她碰面後，就兩個人靠著背坐下。

「妳那邊好像很順利。」

惠的小組這三天得到了三十七分。

暫且沒有名列在後面幾名。

「雖然都是我在受人幫助啦。你那邊怎麼樣呀？」

「算是很順利。」

「哎，我覺得是你的話，一定沒問題呢。」

「嗯——」惠伸展後，吐了口氣。

「話說回來，這場考試能不能快點結束呀……竟然還有十一天，簡直無法置信。」

想到剩下的天數，的確無法否定這還是初期的局面。

「對了，這幾天有什麼奇怪的事嗎？」

「你是指之前告訴我的『那件事』吧？嗯——應該沒什麼特別的。」

特別考試開始前，我拜託惠確認一點小事。

這是考慮到White Room學生可能會來接觸惠。

不過，截至目前的三天好像什麼事也沒有。

「我姑且有在平板上記下所有接觸過的人。」

我打開平板裡的記事本，看了她接觸過的小組與學生一覽表。

主要都是二年級的學生，完全沒有接觸到三年級或一年級。

果然不會輕易露出馬腳讓我抓住。

「話、說、回、來？」

「嗯？」

惠的臉突然臉逼近我，並觀察我的眼睛。

「那個一年級女生……聽說都跟清隆你一起行動。」

「消息真靈通啊。」

「我問了池同學，他馬上就跟我說了呢。是說，那也無所謂。」

不過，如果跟一年級女生一起行動，就算我對戀愛很生疏，也知道她身為女朋友會來追究這件事。不管我列出什麼牽強的藉口，她也不可能坦然地接受男女一起行動。

七瀨跟之前退學那件事有無瓜葛、是否跟White Room有關。

這些都跟惠沒有直接的關係。

她只是對我跟女生共同行動的這部分非常不滿與不安。

我稍微握緊惠的手，把臉靠過去。

「我跟其他女生獨處，妳很不安嗎？」

「等一下，什、什麼嘛。這種事我、我才……我當然很不安嘛。」

惠本來打算逞強，但馬上就坦率地招了。

「我只是為了在特別考試上順利周旋，無可奈何地跟七瀨一起行動。」

「……真的嗎？」

「對。當然也沒有除此之外的情感。」

「我相信你，但是，聽見你跟女孩子單獨待在一起……果然還是讓人討厭。」

就算我什麼也沒做，身為女朋友會擔心也理所當然。

就算我在這裡逐一編出巧妙的言詞，惠的內心也肯定不會釋懷。

「惠。」

我只叫了一聲她的名字，她不滿地噘起嘴唇，然後看了我這邊。

我在這個時間點把臉湊過去，就像在推回她噘起的嘴，親了上去。

接觸的時間大概不到一秒。

我是第一次體驗到異性嘴唇的觸感，比想像中柔軟很多。

「咦……？」

惠還無法理解狀況，發出有點傻愣的聲音。

其實我希望能享受久一點，但現在正在進行無人島考試。

就算其他學生碰巧經過也不奇怪。

「等，咦，剛、剛才……接、接吻……咦？咦？」

「相信我，並等著我，好嗎？」

我這樣反問，惠就像人偶一樣反覆點頭。

既然她的腦中對我和七瀨一起行動充滿不安，灌輸更強烈的記憶就會最省事。

「兩個人消失太久會被懷疑呢。差不多該回去了。」

我這麼說，決定讓呆愣的惠回到大家身邊。

看不見的敵人

現在的時間是太陽剛開始升起的上午五點前。

我在大部分學生都還在睡覺的這時間，因為帳篷外的奇妙聲響而醒來。

那道聲響真的很微弱，小到會讓人誤以為是耳鳴。

我為了詳細確認而探頭到帳篷外，果然聽得見微弱的聲音。

七瀨晚了點也從帳篷露臉出來，她同樣因為這個聲音而醒過來。

「妳有聽見什麼嗎？」

「是的……雖然很微弱，不過有聽見電子聲。」

但距離好像相當遠，這音量小到會錯聽成耳鳴。

雖然可以在平板上設定鬧鐘，可是這個也太久了。

「該不會是警報鈴？」

「很有可能呢。」

我像是要飛奔出帳篷地起身，再次側耳傾聽。

應該就跟真嶋老師說明時給我們聽的聲音幾乎一樣沒錯。

不過，似乎因為聲源位在森林的深處，可以聽見有回聲傳來。

「鈴響好像沒有要停止的跡象呢。」

從發現聲音到現在已過了一分鐘。雖然警告聲有兩次，但機制上是兩次都會在五秒後停止。只會有警報鈴會像這樣響個沒完。

「我記得過了五分鐘的話——」

「手錶的GPS會推算出目前的位置，應該會有救援過來。」

如果沒有餘力讓聲音停下來，能想像到這是相當危險的狀況。

「我們能在校方抵達前先把人找出來嗎？」

「告訴我理由吧。雖然說天亮了，可是視野還是很差，搞不好會有二次災害。」

「救人還需要理由嗎？」

與其說是生氣，她反而對我投以純真無比的銳利眼神。

要是我不願幫忙，她就算一個人也要過去——可以看出她表現出這種強烈的覺悟。

「要行動的話，人手多一點會比較好。去叫醒須藤他們吧。」

「好！」

我們決定分頭叫醒正在睡覺的須藤、池、本堂。

我們把睡得迷迷糊糊的三個人從帳篷帶出來，一邊移動，一邊解釋狀況。

眼前是陰暗的森林，視野還是很不良，沒有照明的話，立足點也會讓人不安，為了保險起見，我們前進時需要一邊照亮腳邊。

我和七瀨各有一支手電筒，須藤他們則是一支，總共三支。

無法說確保了足夠的光線，但我們也只能靠手頭上的設備照明。

我們為了避免迷失位置，而拿著一台平板前進。

「總之，我來打前鋒。」

正因為是這種的狀況，池雖然有點卻步，還是主動接下了打頭陣的任務。

「不好意思，能別這麼做嗎？」

「咦？為、為什麼？」

「在視野還不良的情況下，我們不能讓技術層面值得信賴的人打前鋒。應該交給危機處理能力高，而且能夠選擇適當路線的人。」

「呃，可是啊，這裡大概是我最了解——」

「可以麻煩你嗎，綾小路學長？如果是學長你的判斷，我可以毫不猶豫地跟上。」

七瀨完全不打算聽池反駁，對我提出要求。這個狀況分秒必爭。

在他們三個面前不謹慎地說藉口，也只會浪費時間。

「我、七瀨、池三個人來拿手電筒。須藤、本堂跟在七瀨之後，然後麻煩池殿後。」

我只說明這些，就毫不遲疑地站在排頭邁步而出。

「呃，咦？啊，這……是沒關係……你真的沒問題嗎，綾小路？」

池無法理解狀況地被丟在後面，而我負責帶頭。

「好啦，快點跟上。綾小路大概沒問題。」

須藤強行抓住池的手臂這麼說，我們五個人就出發了。

「在這種狀況下前進，確實有可能受傷呢。」

「怎麼會在這個時間移動啊——」

本堂揉著睡眼惺忪的眼睛，吐露了不滿。

「這沒那麼不可思議。既然下一個指定區域很遠，就必須在這個時間先縮短距離。」

校方也有顧慮時間進行指定區域的指示，但若會扯上隨機要素，就會出現不少需要像這樣在一早或深夜硬闖的狀況。

一點一點接近而來的警報聲，仍大聲地迴盪在森林中。

不對，這是……

「有人在的話，就回應一下——！」

警報鈴逐漸變大聲。

須藤往警報鈴的方向喊道，但感覺不到聲音和動作。

「為什麼不回應啊……這、這該不會是幽靈做的好事吧？」

本堂好像開始覺得鈴聲聽起來毛骨悚然，因此發抖。

「應該是他們連大喊都沒辦法的狀況吧。」

「如果是這樣，或許就真的很不妙了呢。」

總之，只能直接靠近聲源，親眼確認。

我壓抑想要趕路的想法，一邊照亮腳下，一邊前往森林深處。

「各位，你們不覺得聲音有點奇怪嗎？」

走在我身後的七瀨發現了聲音中的異樣感。

「奇怪？哎，不知是不是因為在黑暗的森林裡，我確實覺得有點陰森啦……」

「不，不是這樣——」

「是傳來的聲音數量，對吧？」

我回頭回答，七瀨就用力地點頭。

「一開始是從森林深處傳來，我還以為只是回音。可是，靠近就會知道不一樣。是兩個聲音在響。」

警報鈴只有在陷入極度危險的狀況時才會響起。

我沒怎麼想過會同時多個響起。

可是，到這種地步的話就很明確了。

有一定節奏的警報從相同的地方幾乎同時響著。

也就是說因為有一點時間差，聽起來才像是回音。

「好可怕……我們接下來繼續前進沒問題嗎……？」

本堂在坡度開始變陡峭的山路上說洩氣話。

如果這裡是有兩個人接連陷入危險狀態的地方，他會害怕也情有可原。

接著，我們靠近到可以聽見音量很大的鈴聲的距離。

我們暫時停下來，把燈光往四處照亮，尋找鈴聲發出的源頭。

沒多久，就在燈光前方發現一個倒下的人影。

「那是……小宮！」

須藤最先發現那個身影的真面目。

沒錯，那的確是二年B班的小宮。

「喂、喂，這是怎樣啊……振、振作點，小宮！」

似乎因為同為籃球社，須藤急忙跑向倒在地上的小宮。

「學長……」

「嗯。」

響鈴的手錶果然是兩支，而不是一支。

距離小宮幾公尺遠的位置，還有另一個鈴聲在響著。那是同樣是B班的木下美野里。七瀨好像有一瞬間對這異樣的光景很不知所措，但還是往昏倒在小宮稍遠處的木下跑過去。我為了理解狀況，而交給他們確認兩人的安危，並環顧四周。應該要跟小宮同組的篠原不見蹤影，加上也沒看到背包，這讓我很在意。

「喂，小宮！篠原怎麼了！」

「不行，小宮這傢伙好像完全醒不來……」

我聽見須藤與池的這段對話。

我手動關掉兩人的警報鈴後，森林便回歸寂靜。

「木下同學也沒有恢復意識。看到運動服的髒汙和受傷的情況，恐怕……」

七瀨看著旁邊幾公尺高的懸崖與陡坡說道。

須藤也同樣地確認了小宮的狀態，接著點頭。應該是某一方在陡坡腳步不穩，接著跌落。然後打算救人的那方也受到牽連嗎……

我接近斜坡後，發現確實殘留著有人跌落的痕跡。

換句話說，似乎就是小宮和木下這兩人在斜坡失足。

畢竟視野這麼差，不難想像是不小心踩空。濕度很高，地面也有點潮濕，所以很容易滑倒。我照亮自己的腳邊。地面有點泥濘，因為腳踏過而稍微留下了足跡。

如果用燈照亮路線的話，還是可以找到一點點他們兩人跑到小宮和木下身邊的足跡。然後，這裡也淡淡地殘留著其他人的足跡。

那個足跡靠近兩人身旁，可是馬上就折回去了。

儘管關聯性不明，但也就是說這裡可能存在小宮和木下之外的某個人。

會是篠原嗎？可是，很難想像她連包紮處理都沒有就直接離開。

就算是去求救，應該也會跑到附近確認安危才對。

把鞋子的尺寸跟我自己的腳比較的話，可以知道它小了一點。我的鞋子尺寸是二十六公分。另一方面，留下的足跡大小看起來則小了大概一點五公分到兩公分。雖然不能徹底排除對方是男生的可能性，似乎有較高的機率是女生。

我突然感受到動靜，就這樣維持手電筒不動，只把臉看向了西北方。

可是視野的前方是樹幹粗大的樹林，以及籠罩著一片漆黑的世界，因此沒辦法找到人。

對方不往我們這邊靠過來，是出於某些問心有愧的理由嗎？

我暫且無視那些動靜，確認木下的腳邊。

因為我認為木下昏倒前，也有可能走過一段路。

可是，木下倒下的周圍完全沒有殘留四處走過的痕跡。

果然可以把那個足跡當作第三者留下的痕跡。

木下的臉上和衣服跟小宮一樣，都有一點破損及髒汙，但似乎沒有大範圍的外傷。

「比起這個，問題是在於老師們抵達之後呢……」

雖不清楚傷得多嚴重，不過一定免不了要健康檢查。如果是從斜坡滾下來昏倒，就會需要精密檢查，很難避免被宣告退場的發展。這兩人恐怕也沒有餘力醒來說謊粉飾。

假如篠原也在某處陷入類似的情況，小宮這一組就會一舉有三個人退出。

他們三個都沒有保險卡，事情變成這樣的話，就無法避免退學。

「篠原——！」

池在陰暗的森林裡大喊。

假如她在周圍的話，就算出聲打個信號也不足為奇。

辦不到這點，就代表著她果然跟小宮他們一樣被捲入了某些意外。我趕緊抓住打算找人而跑出去的池。

「你連平板也沒拿就隨便闖進森林，很有可能迷路。」

「是、是沒錯！」

「我知道你很著急。因為大喊也沒有回應，是一件很奇怪的事。」

「對、對啊，所以必須快點找她！」

「但如果她受了重傷，就算跟小宮他們一樣警報聲大作也不奇怪。沒錯吧？」

可是，除了兩道警報鈴，沒有任何其他聲音在響。

「這……確實是這樣……」

「現況下應該視為篠原只是不在附近，而且受重傷的可能性很低。」

「換句話說，她是迷路之類的……？」

這個發展當然也不難想像。

「唔……咕……！」

當大家都很困惑，無法如願地掌握狀況時，就聽見了這道呻吟。

「小宮，聽得見嗎，小宮！」

小宮像是在回應須藤的呼喚，用手抓住須藤的上衣。

看來小宮恢復意識了。

我們暫且放下心的時候，同時得知了壞消息。

「痛、痛……我的腳……！」

雖然他的右腳有在移動，但是左腳一動也不動。小宮露出了痛苦的表情。

「這……你的左腳……！」

須藤很動搖，因此就算看不見情況如何，也可以知道結果。

七瀨也為了確認狀況，而仔細檢查木下。

「不只是小宮同學，木下同學也是左腳的狀態很嚴重。搞不好已經骨折了。」

在這場事故上，他們兩個不只是從斜坡滑落，而且都是左腳受了傷。

雖然可以直接用手確認傷口的狀況，但那也已經是細枝末節了。

「假如是撞擊內傷或骨折，就會二話不說地失去資格。」

第四天早上，當然還沒有任何人退場，因此小宮組相當有可能敗退。就算篠原平安無事，她應該也難以獨自累積高分。而且，最重要的篠原目前仍行蹤不明。

可是這種巧合——

重要的是，西北方現在仍有異樣的動靜在監視著這邊。

我刻意什麼也沒說地觀察情況，而對方似乎就維持在那裡不動，既不靠近也不離開。在一開始真的是很微弱的氣息。不過我一直裝作沒發現，對方就逐漸大膽了起來。簡直像是在叫我試著發現對方的存在。

這時……七瀨從尚未恢復意識的木下身邊離開，對我說悄悄話。

「你不覺得這讓人有點不解嗎？」

須藤他們大概不會懂，可是這個狀況有些地方確實讓人不解。

「是啊。說不定這兩人被捲進了某種事件。」

如果只有其中一方還可以理解，但他們的狀況完全相同就很讓人在意。

「小宮，你記得事發當時嗎？」

我擅自推理也不會有進展，於是尋問了有意識的小宮。

校方趕到的話，應該也會沒時間慢吞吞地問了。

「我、我不知道……我的小腿肚毫無預警地突然受到一陣衝擊……接著就跌落斜坡——

唔……」

他打算移動自己的左腳，因痛苦而扭曲著臉。

「小腿肚一陣衝擊？」

「大、大概吧。我記不太清楚……抱歉。」

這不能怪他，但他在事故瞬間的記憶好像很模糊。

「木下也倒在旁邊，關於這件事呢？」

「咦……呃，不，我不知道。為什麼連木下都……我記得當時……」

看見小宮這個反應，似乎並不是木下先跌落。

至少應該看成是小宮先滾落這個斜坡。

「對了……！皐月、皐月呢？她剛才也跌下來了嗎！」

小宮的記憶好像一點一點地鮮明起來，他忍著疼痛喊道。聽見小宮叫她皐月，池的表情漸漸沉下，但他現在沒空因為那種小事沮喪。

「篠原的行蹤不明。你們不是一起行動嗎？」

「皐月她──唔……！」

「不用勉強自己。」

他的左腳好像很痛，連好好說下去似乎都很不容易。

「不、不是，我很擔心皐月！……抱歉，須藤，能扶我起來嗎……」

「好、好啊，可是不要勉強喔。」

須藤撐著他，慢慢地扶起小宮的上半身。

「小宮，篠原在哪裡！」

池當然比任何人都在意這個組別，他這麼喊道。

坐立難安的氣勢，應該也有傳達給小宮。

「……不知道……我們原本打算趕路……」

小宮不時擺出痛苦的表情，但還是繼續解釋狀況。

「然後，就在等她……等皐月回來……」

「等她是怎樣啊，不懂你的意思啦！」

小宮似乎無法好好解釋前因後果，而左右甩了兩次頭。

他謹慎地回想，整理時間經過。

「讓我從頭解釋。我們昨天連續兩次沒抵達指定區域，所以很著急。於是就在半夜討論，訂下計畫要在早上縮短距離……然後，就在陰暗中互相照應並開始移動，但皐月說要上廁所，我和木下就在稍遠處等她。當然有用燈光來確認彼此的位置……」

他跟剛才不一樣，冷靜了下來。儘管在跟疼痛奮戰，還是強烈地傳達出自己正在擔心篠原。

「我們兩個在等待皐月回來的期間，觀察斜坡做討論。在想能不能從那裡抄近路。然後就在覺得很困難的時候——」

「小腿肚突然一陣衝擊，是嗎？」

七瀨搶先說，小宮就慢慢地點了頭。

「我記得那是非常強烈的痛……我好像是一口氣跌下斜坡，甚至還瞬間忘了疼痛……回過神來，須藤和你們就在我身邊了。」

人的手腳絕非萬能。有時候還會因為意外的瞬間不小心受傷。

他因為那股疼痛而腳步不穩，並且跌下了自己在觀察的斜坡。

如果是個案的話，這在一定程度上也解釋得通。

可是還是讓人無法理解連木下都落得同樣下場的結果。

她是看見小宮滑落而驚慌失措地打算幫忙，結果自己也跌了下去……？

可是，現在看著這裡的視線，以及真面目不明的足跡，都讓人很掛心。

喀沙。當我思考時，斜坡上方傳來了什麼東西移動的聲響。

雖然也能當作是小動物發出的微弱聲響……

「篠原！」

池原本開始恢復冷靜，但聽見聲音還是往斜坡跑過去。

「喂，寬治！很危險，等一下啦！」

摯友的呼喊也虛無縹緲地迴盪在黑暗的森林裡。

「學長，我認為讓池學長一個人過去很危險！」

「我知道。平板先給妳保管，你們在這裡等我。」

這種狀況會讓人很想快點追過去，但池打算直接爬上陡坡。

些許時間差不會造成多大的誤差。

「可是沒有平板的話，學長不會很傷腦筋嗎？」

「要爬上這面斜坡的話，拿著平板會很礙事。」

而且，恐怕不會只是爬上去就能解決。萬一不小心跌下來會很危險。把平板先交給七瀨，她也有可能在我遇難時來找我。我立刻追上池。

他拚命雙手並用，往發出聲響的方向爬。我看不下去他危險的舉止，所以超過他，決定走在前方開路。就算打算擅自帶他回去，他也很明顯會抵抗。

「綾、綾小路！」

他似乎很驚訝自己被超前，以為我是來阻止他，所以急忙想要追上我。

池心裡產生焦急，疏忽原本有注意的腳邊，差點就要滑倒。

「噢，啊……！」

我抓住在後方差點滑倒的池的手臂，把他往上拉。

「能冷靜地跟著我嗎？你辦不到的話，我會靠蠻力把你帶回下面。」

「……知、知道了。我跟著你走……別把我帶回去……」

我點頭，誘導似的爬上斜坡。

雖說視野不良，但路還是因為陽光一點一點地開闊起來。

我們花時間謹慎地爬上斜坡，到了小宮他們滑落的那條窄路。

池雙手撐在地上調整呼吸，但眼睛還是張望著周圍。

大略環顧之下，並沒有找到人影。

「篠原——！」

他像是希望這次一定要把自己的聲音傳出去，竭盡全力地大喊。

像樣的道路很少，這樣確實無法說完全沒有摔下去的可能性。
這時，我在這裡發現了小宮、木下、篠原三人份的背包。
就外觀來看，沒有被亂翻過的跡象。
在篠原上廁所回來之前，他們可能就是把行李放在這邊。
我也想像得到他們在討論能否爬下斜坡。
「可惡，不在嗎！」
池在沒有回應的情況下不甘心地搥了地板。就在這時——
「……是池嗎？」
篠原從離得很遠的茂密樹叢中慢慢現身。
「篠原？篠原！」
篠原好好確認過池和我的身影後，腳步不靈活地跑了過來。
篠原撲向池的懷裡，顯然很動搖，而且正在哭。
「妳、妳一直都在這裡嗎？」
「嗯……嗯。」
「那妳就早一點出聲嘛！妳以為我有多擔心啊！」
「因、因為……」

篠原好像想起了什麼，開始劇烈顫抖。

池也理解到這不是純粹為了惡作劇而躲起來。

「小、小宮同學跟木下同學呢！」

「他們兩人都在斜坡下受了重傷，到底發生什麼事啊？」

如果只是夥伴跌落斜坡，篠原應該會更拚命地想要救他們。

要是連這都不做，只是一直藏在樹叢裡的話，就很不尋常了。

篠原聽見重傷這件事，儘管臉色蒼白，還是張開顫抖的雙唇。

「我、我當時動不了……我很害怕、很害怕……那、那個……我、我看到了……」

「看到？看到什麼？」

「……小宮同學和木下同學被某人……被某人推下去的樣子……」

篠原說兩人墜崖，不是單純的事故。

「某人？某人是指誰啊！」

「那、那種事，我不知道啊！雖然不知道！……怎麼會變成這樣！」

看著篠原當場坐下大哭，池忍住了不甘心的心情。

總之，篠原就是害怕被那個人找到，才會藏住氣息潛伏著。

既然這樣，也可以理解她為何不打算馬上趕到夥伴身邊，而且也沒有回應池的呼喚。雖然沒有決定性的證據，但她這個學生也沒本事做出捏造虛構人物的舉止。

然而，完全不讓人發現就靠到對方背後，是極為困難的行為。

如果利用手電筒那種照明，就會被對方發現自己的存在，所以當時視野當然很不好。

「昨晚到目前為止，妳有看見什麼人嗎？假如有犯人的話，在附近露營的小組就會很可疑。」

我試著稍微換個方向詢問篠原。

「大概是天色變暗的晚上八點半過後……呃——一年級生……沒錯，我們碰到一年級的組別在露營……好像是在那邊擦身而過的。」

她這樣說完，就指著北方。

「那些一年級生的名字呢？只要知道一個人就可以。」

「對不起，我還不太認識一年級生。只知道是三個女生和一個男生。」

只有這樣的話，實在不太能說是很有利的資訊。

不過，假如是惡作劇而襲擊小宮他們，應該就可以馬上找到犯人。

「先到下面跟須藤他們會合吧。老師們這個時候來了也不奇怪。」

「說、說得也是。」

對篠原和池來說，要折回我們過來的道路很危險，就稍微繞個路吧。

1

在綾小路學長去追趕池學長而跑上斜坡，大約經過五分鐘的時候。

我讓自己摟著的木下學姊輕輕地躺在地上。

接著起身，沉默地盯著後方深邃的森林。

「喂，怎麼了？」

雖然對於覺得我可疑的須藤學長很抱歉，可是我沒有餘力回答。

某個人很明顯正在挑釁我們。

有個人從頭看到尾，讓人察覺氣息卻不現身。

雖說對方毫不掩飾，但氣息僅是普通人理所當然不會察覺到的些微差別。

是從什麼時候開始的呢？沒錯，就是自從綾小路學長跑上斜坡之後。

對方一直散發出讓人感覺得到黏性的黏膩氣息。

雖然不清楚理由與詳情，不過也好。

從這個狀況來想，不論對方是誰，似乎都很有問話的價值。

我悄悄地把平板放在地面，調整呼吸。

就算對方知道我察覺到了，也不打算移動。

或許對方對腳力很有自信，但我也一樣。

「須藤學長——那兩個人就拜託你了！」

「咦？啊，喂！」

我很確定有人在窺視這邊的狀況。

我蹬著地面，一口氣跑向傳出氣息的方向。

就算對方急著逃跑，我應該也可以看到那個人逃走的背影。

如果對方的腳步能因為某些關係有任何不穩，就算要強行逮住那個人，我也要好好問話。

這段距離頂多十公尺到二十公尺。早上太陽開始升起，視野逐漸開闊，就算路不好走，要追上也不會那麼花時間。

可是……！

「好快——！」

儘管我有一瞬間在森林前方稍微看到運動外套的袖口，但那動作非常俐落。

對方技巧高明地運用樹林，沒讓我看見整身模樣就巧妙地逃走。

就算我全速追趕，何止是縮短距離，差距也只是漸漸地被拉開而已。

「咕！」

我不認為在單純的腳力上會有那麼大的差距。

但對方不僅徹底理解地利，還以適當的最短距離奔跑。

為什麼能辦到這種事呢？

我的理解力跟不上，但還是拚命地打算追上。

「請等一下！我只是有事想請教！」

我對在森林中颯爽奔逃的人物出聲，但對方沒有要停下腳步。

與其說是沒聽見，倒不如說是無視了我。

這下子我腦中浮現的就是——逃走的人物很可疑。

「那兩個人會受重傷，是因為你做了什麼嗎！」

我故意切換成說出嚴厲發言，讓對方動搖的作戰。

因為如果對方能比我更早失誤，我就可以瞬間追上。

然而對方豈止表現動搖，甚至還加速離開。

我自認至少在這間學校裡，自己累積了不輸給任何人的鍛鍊。

可是，別說是縮短距離，還漸漸地被拉開。儘管如此，對方也會不時在奇妙的時機往我拉近。這正在彰顯自己明顯的優勢。

追得上就試試看——這種挑釁行為。

我到最後還是試著不放棄地跟上。

無法讓對方失誤的話——我就要以體力取勝。我下了這樣的決心，而跑在前面的人的頭髮隨風搖曳，一瞬間映入了我的眼簾。

「那是！」

那個人極具特色的髮色與髮型，深深地烙印在我眼底。

我明確記得自己看過。

「咕……！」

我因為樹根而腳步不穩，森林裡的追逐遊戲一下子就迎來結束。

「呼、呼……！」

我因為發現意想不到的事實，不小心感到動搖。

累積的疲勞突然急速湧上來，呼吸因此開始紊亂。

「呼、呼……呼、呼……！」

我為了平息激烈的心跳，閉上雙眼調整亂掉的呼吸。

雖然無法看見完整的身影，但不會有錯。

「難道就是那個人把小宮學長和木下學姊……？可是，為什麼……」

我尋找那個人消失在森林深處的背影，視線繼續徘徊了一陣子。

2

我帶著篠原繞路，大約過了十五分鐘。

設法找到下坡的路之後，順利與獨自走著路的七瀨會合。

「妳為什麼在這裡？」

這裡距離須藤他們所在的地點應該還很遠。

「這是——那個，因為我看不到你們的身影，才過來找……」

七瀨這麼答話，呼吸本身很平靜，額頭上卻浮出了汗水。

她看似是急忙來找我們，但視線並沒有看著我們。

「妳在找什麼嗎？」

「沒有，請別放在心上。」

七瀨表情僵硬地往一點凝視，不打算深談。

她轉換心情似的，在此看向篠原。

「平安無事地找到篠原學姊，真是太好了。」

七瀨看見跟隨池的篠原，就卸下心中的大石似的吐了口氣。

我和七瀨帶頭，池和篠原則隔了一段距離跟了過來。

「須藤學長他們在這邊。」

七瀨確實掌握了回到原處的路線，率先為我們帶路。

我決定在這段期間，告訴七瀨剛才從篠原那邊聽見的事情。

篠原看見了他們被某人推下去的情景，卻連對方是男是女都不知道。

她怕被發現而屏息躲著。

然後還有另一項或許也很重要的資訊。

「聽說篠原昨晚跟一年級的組別擦身而過。」

「一年級生嗎？」

「好像是在附近露營，但只是擦身而過，無法斷定就是犯人。」

「是啊。可是，周邊的一年級組別會是哪些人呢？要是可以知道這點，說不定可以藉著探聽得到一些線索。」

就算在周圍，也很難在這片鬱鬱蒼蒼的茂林裡找出來。如果他們能一直停留在一定的範圍內，情況或許會有所不同，但應該推斷他們會不斷移往目的地。最好視為現在這段期間，他們也正在遠去。

不過對方是一年級生，這還是令我在意。

如果對方是White Room的學生，當然做得出毫不遲疑地把人推落的這點招數。

七瀨暫時保持沉默，不久就開口說：

「學長，假如……真的存在某個會讓人受重傷的人物，可是小宮學長沒意識到對方，就很奇怪吧？」

「嗯。就算是單純地被人纏上，彼此應該也會交談，並察覺到對方的存在。」

即使是不知道名字的高年級生或低年級生，他們也一定會把這件事告訴我們。

但他們不僅是記憶模糊，而且說詞上就連被襲擊的確鑿證據都沒有。

真的是單純的意外嗎——

或者，對方沒有讓他們察覺到，就成功地讓他們受了重傷？

若視野比現在還要黑暗，手上當然也會拿著照明。

「如果是綾小路學長，你有辦法不讓他們兩人察覺，就讓他們遇到相同的事嗎？」

「我？別胡說了。」

我這樣打迷糊仗，但想做的話並非不可能。

依照小宮的證詞，他回答一開始是小腿肚受到強烈衝擊。

一聲不響地接近背後，先下手踢擊小腿肚。這麼一來，他們就會完全沒空回頭，而因為痛苦扭曲著臉，並從斜坡跌下去吧。

「我認為……如果是我要襲擊小宮學長他們……視時間點而定，我認為不是不可能。當然，應該會相當艱難。」

她這麼下結論。七瀨果然也認為不是篠原說謊，而是真的有人襲擊。

然而，就算有犯人，讓人受傷的目的與好處也完全不明朗。

是在拐彎抹角地警告我嗎？不對，這樣風險也太大了。

還是說，這是在彰顯對方會不惜背負巨大風險嗎？

或者，對方也有可能是因為預料外的事故，而不得不下手。可是，現況下任何假說都欠缺說服力。甚至不難想像對方是White Room學生以外的人物，而且也有根本不存在犯人的可能性。

「可是我不懂對方襲擊的理由。」

七瀨幾乎同時也想到了跟我一樣的想法。

襲擊的理由——這是最能夠接近正確解答的難解之題。

不久之後，我們回到須藤他們的身邊，但狀況沒有任何變化。

「問題是老師們什麼時候會抵達。」

要前往島嶼東北方的地點，就算利用船隻或直升機，還是得花上一定的時間。

警報鈴響已經過了三十分鐘左右，但校方似乎還沒抵達。

「不好意思～……請問發生什麼事了嗎？」

這地方又新出現了幾名學生，彷彿像是在通知我們狀況出現變化。

我和七瀨短暫地對望。來搭話的是一年級的組別。是A班的三井步美、B班的堂上美律子、C班的椿櫻子、D班的卷田高茂，跟剛才篠原說的證詞一致，是一男三女的組合。

池聽過篠原的說法，以有點戒備的眼神看著他們四個人。

「發生了一點麻煩。有學生因為斜坡而腳步不穩，受了重傷。」

一年級生們聽見這件事，面面相覷。

「我們在附近露營，結果有警報聲傳來，而且還聽到有人在喊叫的聲音……我們等天色亮了一點，為了保險起見打算確認狀況，所以就來到這裡。」

因為警報很刺耳。如果在周邊的話，應該也聽得見。

「所以，受傷的人都沒事嗎？」

堂上率先開口說話，她跟卷田都顯得很不知所措。

椿相較之下就很冷靜。

她被學長姊圍繞，而且在受了重傷的兩人面前，看起來毫不驚慌失措。

「雖然不像沒事，但外行人也難以判斷。現在正在等老師們抵達。」

一年級生們現身之後，又過了三十分鐘。

警報鈴響經過大約一小時後，學校的相關人士終於抵達了。

最先出現的是二年B班的班導坂上老師，以及我們的班導茶柱。還有三名看似醫療人員的大人，總共有五人。

「事不宜遲，能請你們說明狀況嗎？」

坂上老師接近坐在地上的小宮，以及仍昏倒著的木下這麼說。

大人們像是要採證現場，開始往這裡聚集。

我看見這個情況後，就稍微保持一段距離，靠近看著這裡的茶柱。

「我稍微看過了，小宮和木下似乎難以繼續考試。」

「嗯，我想大概會免不了要退場。」

正因為是自己帶的學生所屬的組別，所以站在我隔壁的茶柱表情也很凝重。

「這是單純的事故嗎？」

「關於這件事，我認為您現在也可以去問他們。」

坂上老師看著開始接受治療的兩人，並要求同組的篠原解釋狀況。

可是篠原重新看見兩人的狀況，再次開始哭泣。

「妳一直哭的話，我們會沒辦法掌握狀況。」

她被嚴厲的語氣警告，池就護著她往前站出一步。

「不好意思，可以交給我說明嗎？我是從篠原那裡聽說的。」

他似乎打算作為代言人跟坂上老師解釋狀況。

「……算了，好吧。請你說明。」

「篠原說他們是被推下去的。」

看著兩人摔下來的斜坡同時聽取說明，一時之間似乎教人難以置信。

「被推下來？……這發言還真是危險。」

「他們應該不會因為這種事而退場吧？對吧？」

「如果這是事實，當然不會。」

「您說如果是事實？篠原就是這麼說的啊！」

「那麼，你有什麼東西可以當作證據嗎？」

既然被這麼說，不論是池還是篠原都只能無言以對。

「就、就算您這樣說，這裡又不是學校，沒有什麼監視器！」

「可是，如果是被推下來，至少也會看到對方的長相吧？」

「那是——」

「怎麼樣，篠原同學？不要只是一直哭，妳能回答我嗎？」

現有的證據，就只有同班的篠原的證言。

就算我打算解釋足跡的事，但這附近已經被眾人踏亂。即使指出哪一個是誰的足跡，也無法解決。

「很、很暗……」

「很暗？妳是說很暗，所以看不見對方的長相？」

儘管她頻頻點頭，坂上老師也只是深深地嘆氣。

「暗到看不見長相，卻清楚看見對方把人推下……這樣說可能有點直接，不過這理由對自己真有利呢。」

坂上老師靠近哭個不停的篠原，打算問出真相。

雖然篠原一直在哭，無法好好說話，但她還是頻頻點頭，訴說這是事實。

「篠原才不會說謊！」

「你跟她是同班同學。當然也只能這麼說吧。」

「您不願意相信，是吧！」

「若這是真的，便是很重大的情況，但只有證詞是無法當作證據的。」

「怎麼這樣！那小宮和木下會怎麼樣！」

「什麼會怎麼樣？除了退出考試，別無選擇吧？我自己身為班導，也不認為他們兩人脫隊是件令人高興的事。可是，只要看見他們的腳，就會知道不可能繼續考試。」

坂上老師也並非打算刁難她吧。

但他們兩個的腳都不是一兩天就能行走的輕傷。

「我在現狀下，只能判斷這是妳為了糊弄因為意外受傷所撒的謊，以及權宜之計。」

「別開玩笑了！這我怎麼能接受！」

對於抱著篠原的肩膀、拚命解釋的池，坂上老師的態度很冷淡。

「剛才的粗暴發言，這次我會先當作沒聽見。明白了嗎？」

「唔……！」

池因為自己對教師的言行太超過而緊咬下唇。只要觀察坂上老師至今對於池和篠原拚命訴說的應對，就會發現一些事情了。

「你們似乎已經掌握到各種事了呢，茶柱老師。」

我這麼問了站在隔壁的茶柱，她便靜靜地點頭。

「我們是依靠小宮和木下的ＧＰＳ來到這裡。小宮的警報響起的時間，是上午四點五十六分二十四秒。木下的警報在七秒後也接連響起。當時重疊般存在的ＧＰＳ反應只有篠原。」

茶柱看著平板這樣回答。

果然是這樣。

坂上老師也同樣握有這些資訊。

如果有可疑的反應，就算只有一個，應該也有懷疑的空間。但GPS上無法確認到可疑的「犯人」。這樣只會像是篠原為了不想退出考試，而捏造說有第三者存在，並且期待某些救助措施而已。

「警報響起之後立刻抵達小宮他們身邊的，就是以你為代表的五個人。然後是一年級生的四人組。最後則是我們。」

完全沒有其他人更早接觸小宮他們的紀錄。

應該可以在一定程度上認為這個情報值得相信。

這樣是不是也會有……犯人不是學生的可能性呢？

老師們沒戴手錶，不會出現GPS反應。

不對——似乎也並非如此嗎？

我做了一個假設，但坂上老師他們沒有掌握到的部分，有很多地方讓我在意。

「茶柱老師，你們待會兒會帶著小宮他們回到出發地點，對吧？」

「對。應該會在船內確認兩人受傷的詳細情形。」

「我有事想請您順便調查。這也要祕密地進行。」

我小聲地把這件事告訴茶柱，雖然她很驚訝，還是點頭答應。

但這是兩碼子事。

小宮和木下的退出是註定的，只有篠原會被留下。

篠原很快就必須獨自熬過考試，就她的角度來看，光是這樣就非常絕望吧。

「不行……我已經不行了！……一個人真的沒辦法……！」

池看著篠原癱坐在地，無法上前搭話。

他愣愣地站在原地，好像很不知所措。

不只有我看著這樣的池。

現在正被大人們搬運走的小宮也是其中一人。

「池……過來這裡一下。」

「幹、幹嘛？」

小宮把池叫來自己碰得到的位置。

接著往前直起疼痛的身體，以手臂環繞池的脖子，把他的臉強行拉到自己的嘴邊。

「展現你的男子氣概吧。」

小宮這樣簡短回應，就倒回擔架上躺著。

他計劃要在這場無人島考試上向篠原告白。

目前卻還沒告白的樣子。

說不定反而是陪篠原商量了池的事情。

如果是這樣的話，他應該也很清楚篠原在意著池。

他把自己決定親手保護的篠原，交付給身為情敵的池。

「真不簡單耶……」

須藤看見這樣的小宮，應該也理解了一切。正在成長的不只是我的同班同學。小宮也跟須藤一樣，日益有所成長。

七瀨說出解決這個嚴酷狀況的策略。

「也是有拿著最低限度的行李，在據點附近住下來的這種辦法。雖然完全存不到指定區域的分數，可是這個方式一定可以避免退場。」

篠原一個人能採取的最佳戰略，確實無疑就是這個。

在剩下不到兩週的無人島生活中期待其他小組脫隊。

如果沒有任何組別退出的話，篠原當然就會無可避免要退學。

「篠原，我不是要叫妳退學——可是妳要怎麼做呢？一個人很難繼續無人島考試。」

「是、是的……」

「既然這樣，就像七瀨剛才說的那樣，妳也有至少先回到港口，忍耐把剩下的時間過完的辦法。而且，妳也有可能幸運搶到周圍出現的課題。」

即使兩個人的提議都很殘酷，但這也是單獨的篠原能採取的最佳手段。單獨行動的話，十之八九會在途中耗盡力氣。而且大概也會耗盡體力或食物，並且中途退出。

不過，如果轉而在港口忍耐，並請經過的組別提供些許支援，說不定就可以暫且撐到最後。應該會遠比現在在此確定退學更好。

篠原擦乾眼淚，慢慢點了一次頭。

「請妳想辦法靠自己的力量到起點。」

「好……我知道了。」

由於校方無法干涉學生，因此篠原接下來必須一個人前往港口。

篠原打算拿起自己的行李而往前走，池連忙抓住了她的手臂。

「……幹嘛？」

「問、問我幹嘛……妳就只是回到起點等待，這樣好嗎？」

「有什麼辦法？小宮同學和木下同學都不在……我自己也絕對沒辦法在這場特別考試上存活。」

「可是、可是啊。」

「反正我都要退學了，別管我啦。」

篠原甩開池抓著她的手臂，打算趕緊離開這裡。

「唔……」

池當場僵住，咬牙忍耐。

如果是以前的池，他應該無法在這邊堅持下去。

小宮看不見的手，往池的背後推了一把。

「我……我會想辦法的！」

池對篠原駝著背的背影喊道。

「別這樣，這當然沒辦法吧？」

但篠原不打算聽池說話，開始邁步而出。

「不會沒辦法！」

池覺得不能站在原地，所以跑到篠原的身邊，抓住了她的手臂。

「放開我啦……」

「我才不放。我怎麼能讓妳在這種地方退學。」

「為什麼？這跟你又沒關係。倒不如說，要是我退學，就會降低你退學的可能性……你就高興一下吧？」

「高興……別開玩笑，我怎麼可能高興！」

「啊……？」

「因為……要是妳退學的話，班級點數不就會被扣掉一大堆嗎……這是，那個，這必須阻止吧？所以，為了不讓事情變成這樣，我會幫忙妳啦！」

「這個嘛，是沒錯……但就算這樣，如果你因為這樣幫忙我，連你的組別都掉到後面，那該怎麼辦？這樣不是也會給須藤同學他們添麻煩嗎？」

「這——」

「你老是思慮欠周呢。你這樣早晚都會被退學。」

篠原有點傻眼地笑著，並輕輕甩開他。

「我不會放棄留到最後一刻，你也要加油喔。」

篠原拒絕幫忙，表示不需要池伸出援手。

「等、等一下啦……」

池漸漸軟下直到剛才都很強勢的態度，讓人看不下去。

無法完全留住逐漸遠去的篠原。

「寬治。」

須藤呼喚了這樣的池。須藤無所畏懼地笑著，要他別擔心似的拍拍自己的胸脯。

池因為摯友推他一把，而打算往前踏出一步。

「等一下……等一下啦，篠原……我、我只是……唔……所以……那個……」

他拚命地想擠出聲音，還是傳達不出重要的事。

話已經來到了喉嚨，卻還是說不出口。

最後的臨門一腳。這短短的距離真是遙遠。

不過，能說出那些話的不是須藤，不是我，也不是七瀨。

這只能由池自己擠出來。

他只能控制害怕與畏懼結果的心情，向前邁步。

「我不就叫妳等一下嗎！」

「嚇、嚇我一跳，我聽得見你說話啦……你又有什麼事嗎？」

「有！事情可大了！我不希望妳退學，所以我要幫助妳！」

愛的告白……不是這種美好的情節。

但是，這一定也是池用自己的方式，投注相當多情感說出的一句話。

「好──這麼決定的話，那就要開作戰會議了喔，遼太郎！」

「好、好喔！」

須藤和本堂支持池般繞到他身後，招手把篠原叫過來。

「啥……？這是怎樣，你們是笨蛋嗎？我這種人，明明放著不管就好……」

篠原還是不走回來，池等不及而跑去抓住她的手臂。

充滿絕對不會放手的強烈決心。

總是一臉淡然的茶柱看見這片光景，也稍微笑了出來。

她似乎判斷已經沒問題了，而追上坂上老師他們，離開了森林。

話雖如此，也無法看得很樂觀。因為要拯救篠原沒有那麼簡單。

「要確實地救到篠原，跟擁有最大上限三個名額的組別合併，就是不可或缺的。」

他們四個人聚在一起後，我便這麼對他們說。

只靠須藤或池他們，不一定有辦法贏得這三個名額。

「靠同班同學會比較實際，對吧？」

「我認為沒錯，但這場特別考試的規則上，無法間接地知道哪個小組有獲得跨越人數限制的權利，他們會輕易地接納篠原學姊已經有兩人退出的組別嗎？分數也會因為合併的影響而確實降低，這樣只會有風險。既然如此，或許與其為了組隊而奔走，累積得分會更實際。是不是該穩紮穩打地得到區域分數，並在有空時挑戰課題呢？」

七瀨建議篠原放棄跟其他組別合併，並單獨拿到分數。

「不過，最好看成幾乎沒有課題是篠原可以單獨得下前幾名。她必須期待參賽者沒湊齊的意外與運氣。」

「就沒有能順利跟別組合併的辦法嗎，綾小路？」

須藤向我尋求解決這嚴苛狀況的方案。

「不是沒有，有一個計畫，有很高的機率可以實現。」

「是、是嗎？什麼辦法啊！」

我一瞬間思考要不要說出計畫，最後還是作罷了。

如果在這裡說出戰略，絕望中就會萌生出確實的希望。

不過，拯救篠原的決心同時也會產生鬆懈。這很難說是上策。

讓池他們直到最後，都有強烈緊張感挑戰特別考試是很重要的。

而且為了實現戰略，我也有好幾件事必須做。

我走向行李，也指示七瀨做準備。

「喂、喂，綾小路？作戰呢？」

「你們現在能做的，就是以池為中心保護篠原。然後先盡可能地蒐集分數。接著只要有機會，當然也要接受增加小組上限的課題。」

「那你要怎麼做啊？」

「為了保險起見，我要開始準備。」

為此，我沒空和池他們停留在這裡。

「不過，就像我剛才說的一樣，這並沒有保證。而且，要是其他學生同樣掉到後面五組的時

候……說不定就必須在當中挑選要救的學生。」

我事先傳達出也有放棄篠原的可能性。

既然這場考試的規定是有五組一定會受罰，就無法避免會有學生無法得救。

「別忘了這點，池。」

「……知道了。」

騷動到現在大約過了兩小時半。我們帶著篠原回到露營的地方。原本在附近露營的惠他們，似乎已經出發前往下一個指定區域。

須藤和池分工搬來小宮和木下留下的背包。

「須藤，池他們就拜託你了。其中最能做出冷靜判斷的人是你。」

「好、好，包在我身上。」

指定區域已經公布，所以我收下七瀨歸還的平板，同時做起準備。

「我覺得妳一早就用掉相當多的體力……」

「別擔心。我還有體力跟著你。」

第四天開始會公布前十組和後十組。也是追加開放大組的課題的日子。假如課題裡出現這份報酬，應該就會立刻額滿，並變成很嚴苛的戰鬥。

可是，我必須先確認指定區域。

我被指定的區域是G3，在這個時候形成前往島嶼北方的狀態。

我已經晚了三十分鐘。大概拿不到抵達順序報酬了。

這段路途隨便就有可能花上一小時，但我決定也看一下讓人在意的排名。

雖然我也很在意前幾名，不過最重要的是後面五組。要知道有哪些組別可能受到退學懲罰。

七瀨對我打聲招呼，接著也看了我的平板。上面呈現一排倒數十組的清單。當然會有組別裡有什麼組員以及得分多少，而且連細節都會赤裸裸地顯示出來。

「這是——」

後面七組全是三年B班到D班學生構成的組別。最後一名是三年D班的三人組，總得分是二十一分。他們只有課題給的五分，以及抵達指定區域的十六分報酬。但關於這三個人，特別考試開始當天就退場的學生隸屬於這一組，還算是有些同情的餘地。

剩下的三組是一組二年級，以及兩組一年級。

二年級唯一一位在後段是我的同班同學——明人他們的三人組。

「學長班上的人正處在危險的位置呢。」

現狀下是倒數第九名，二十八分。成績比想像中更加停滯不前。即使不停趕上指定區域，也需要不少的體力。尤其他們帶著體力上讓人不放心的愛里，這個狀態下也很難穩穩地得到抵達加分吧。

另一方面，一年級也有兩組在後面幾名，那些是兩人組的一年級生。一開始就組成四人組的一年級生們，果然似乎都累積了一定的得分。

「話說回來，真是意外。三年級居然會掉到這麼後面……」

這的確令人吃驚，但我不認為只是因為能力不足才掉到後段。

我延後確認前幾名的這件事，對七瀨說出應該先傳達的話。

「關於Ｇ３，我打算以取得抵達順序報酬來前進。不過，說不定會暫時無視下一個指定區域。」

「因為你有不惜無視指定區域也想去的地方嗎？」

「對。如果妳要前往指定區域，那我跟妳就在那時分別。」

「不，我跟你走。我只要天澤同學或寶泉同學能抵達，就不會變成無視……再說，你應該想到了拯救篠原學姊的辦法，對嗎？」

我輕輕點頭，邁步而出。我在Ｇ３之後要前往的是起點。

可以的話，希望在明天之內抵達。

二年D班的孤高天才

隔天，在考試第五天的早上七點前，我們沿著河流從Ｄ４前往Ｄ５。前一天的第四天，我在踏入指定區域Ｇ３後，就決定無視下一個指定區域Ｈ４，並以起點為目標。就結果上來說，包括後面的Ｈ６、Ｉ７，我連續無視了三次。

只要隨機指定不是碰巧出現在我前進的方向，就註定要連續四次無視了。結果，也不可能變成理想的發展，今天迎接七點的第一次指定區域是Ｉ８。

不過，出現在這麼遙遠的地方，我也沒辦法掙扎，精神上比較輕鬆。

不過似乎也因為現在是早上，河川的潺潺水聲讓人覺得很舒服。

只要沒有這些壞消息，就會是無可挑剔的早晨。

「話說回來……篠原學姊果然很艱辛呢。」

篠原因為小宮和木下中途退出，而成為孤立的組別。雖說池和須藤正在支援，但一個人能蒐集的分數很有限。

她在昨天的階段沒有名列倒數十組，可是今天早上就降到了倒數第八名。想到排名在她後

面的小組也會漸漸累積很多分數，她可能明後天就會掉到最後一名。這麼說也很諷刺，但多虧這樣，明人他們的組別也暫時從倒數十名裡除名了。

另一方面，關於我昨天沒確認的前段陣容，第一名是三年A班結成的南雲組，第二名是三年B班的桐山組。兩邊都齊聚了代表三年級的成員。

「啊，學長，有人在釣魚。」

我在視野的遠處看見了學生。有個人坐在岩石上慢慢地享受釣魚。那是外表很有特色的人物，我馬上就知道他是誰了。這是我現在最希望見到的小組之一。想不到機會竟然會這麼輕易就降臨。要遇到正在尋找的對象原本就相當困難了，我有考慮使用明天開始會解除限制的GPS功能，不論如何都想找他們談一談。

「七瀨，我可以順路去個地方嗎？」

雖然附近出現了好幾個很不錯的課題，但我恐怕也要放棄那些機會。

「我只是要求跟著行動，所以請你別放在心上。」

聽見七瀨這番令人感激的話，我決定接近那個人物。

對方好像沒發現我，可是我為了不打擾釣魚，所以沒有出聲。

我踏著礫石，靜靜地靠近。

不久，那個人也發現了我們的存在，緩緩往我看過來。

「你似乎是單獨考試，不過沒進入倒數十組呢。」

二年B班的葛城這樣說，沒有拒絕，而是迎接了我。

「算是想辦法避免了。但要是休息任何一天，就會直奔後面幾名了。」

聽見聲響而從帳篷出來的龍園，對我投以有點傻眼的目光。

「你帶著女人從容地考無人島考試啊？你是膩了輕井澤那傢伙，所以拋棄她了嗎？」

「輕井澤？這裡怎麼會冒出輕井澤的名字？」

葛城不解地往龍園那裡回頭。

「呵呵，沒什麼啦。」

「你那邊好像滿順利的。」

看平板的話，就可以確認前幾名的組別。我今天早上的時間點，總分是五十二分，排名第七十四名。考慮到是單獨應考，這算是非常高的排名。

話雖如此，我眼前的龍園、葛城組的名次是第十名，總分是九十二分。

分數的分配上，指定區域抵達加分是二十九分，抵達順序報酬是四十一分，課題二十二分。

「少囉嗦，你那邊不是有個腦筋不正常的傢伙嗎？」

「嗯，確實是。」

龍園說腦筋不正常的傢伙，指的就是高圓寺。

不僅跟我一樣是單獨應考，現在高圓寺還是前面的第四名。他獲得抵達順序報酬第一名的次數，在前十組當中也屬於頂尖，而且也在課題上不斷賺到大量的分數，綜合分數是一百二十六分。是毫無破綻的優秀成績。

可是把今天算進去的話，考試還剩下十天。如果發生疲勞累積或受傷等意外，他的排名就會一口氣掉下去。

在這座無人島考試的兩個星期，沒有任何一天可以好好讓身體休息。不論是誰，如果連日任意驅使身體，就會漸漸累積傷害。起初會從肌肉痠痛這種淺顯的形式開始，接著腳步會逐漸沉重，步行速度下降。再來會因為無法補充最低限度的營養與水分，而被倦怠感或虛脫感襲擊。

「你們下一個指定區域是哪裡？」

「啊？」

「已經過了早上七點，想說你們還真悠閒。」

「是我阻止他的。」

葛城咻地把釣竿往河裡拋，並這麼開口。

「這四天我們都加緊腳步，不停挑戰指定區域的基本移動以及課題。剛才公布的指定區域是隨機指定E10。要在時間內抵達，必須非常勉強。我判斷自己沒有體力去撿起那一分。」

龍園聳聳肩，淺淺地笑出來。龍園打算一直硬幹到底，卻好像被葛城阻止了。如果是石崎或金田，應該就會無法阻止龍園。葛城馬上就在二年B班完成重要職責了呢。

「釣得到魚嗎？」

七瀨凝視著河裡的浮標，這麼問葛城。

「很遺憾，沒什麼收穫。要釣大量的魚，只能在海邊。」

意思就是說，他只是為了打發時間才垂著釣竿。

「你們好像不愁食材耶。」

不知道他們願意回答到什麼程度，但我還是試著問。

「往返海邊、河川以及森林，就可以解決食材問題了。水也是這樣。只要把河水煮沸就好了。」

「不過飲用河水，不是也有風險嗎？」

「是啊。就算前提是要把水煮沸，也沒有絕對的保證。正因如此，喝河水就是我的職責。在起點買來的水或課題上拿到的水，都是讓龍園喝。」

有關風險的管理也很完美。這時候差不多要有組別開始動彈不得了，但這兩人似乎還會暫時度過一段安穩的生活。

「我正好在找你，龍園。」

「找我？」

「你對目前後段十組，當然有掌握了吧？」

「算是吧。我們班的笨蛋們是倒數第八名，這是怎麼回事？」

兩人退場導致分數驟降，會開始顯示出後段小組的優劣。

「小宮和木下退出考試了。」

原本笑著的龍園止住笑容，表情轉為認真。

釣著魚的葛城也停下動作，往我走來。

「退出？發生了什麼事？」

小宮和木下對現在變成二年B班學生的葛城來說，都是應該保護的夥伴。

「他們都受了重傷。好像暫時都無法走路。」

「是事故嗎？」

「不，那是——」

「按照小組最後一人篠原的證詞，她說是被某人襲擊的。」

「既然這樣，那個人應該也早就同樣退出了吧？」

「很遺憾，只有篠原提供是被人襲擊的證詞。小宮和木下似乎連是不是真的被襲擊的自覺都沒有。我想校方會幫忙調查，不過這也很靠不住呢。」

「被處理成篠原學姊為了不想退出而說謊。」

「怎麼辦，龍園？就算我們拿到三名以內，要是小宮他們退學的話，那就沒有意義了。」

變成最後一名的話，我們和龍園的班級都會受到重大打擊。

「你說你在找我，對吧？篠原是你的同學。我可以當成你有不讓她退學的計畫嗎？」

真不愧是龍園。儘管沒有連作戰內容都看出來，但他的直覺是我有辦法。

「雖然對妳很抱歉，但這些話不能讓妳聽見。因為這是賭上二年級存活的一戰。」

「我知道了。」

七瀨保持距離似的離開，我便靠近龍園說出作戰內容。

之後再請龍園直接告訴葛城就可以了吧。

「呵呵，原來是這樣啊。這樣篠原的確也有辦法存活下來。可是……這會順利嗎？」

「光是你願意合作機率就會提昇。接下來就是穩紮穩打地進行。」

「狀況可是瞬息萬變呢。要是其他人發現這件事也會有所行動。」

我輕輕點頭。沒告訴七瀨的理由——是因為一年級要是知道這件事，就有可能會演變成二年級VS其他年級的對決。

「一年級也有直覺優異的學生。也可能會比我預料中更早發現。」

看見這種狀況，我也無法完全猜透三年級會如何出招。

「雖然我對於捨棄小嘍囉不會猶豫，不過小宮和木下目前還有用呢。」

「我可以當作你要合作……對吧？」

「因為利害一致，我也沒辦法不利用這個戰略吧？」

這個小組會牽扯到我們自己班級的學生。

如果不在這裡攜手合作，就不可能拯救篠原、小宮、木下。

「要是遇見一之瀨的話，能拜託你告訴她一樣的事嗎？」

「一之瀨那個濫好人就不用說，但我不覺得坂柳會輕易幫忙。」

「她也不是會接受被一年級隨意擺弄的那種人。」

「呵呵，也是。」

我們告別這場意外的相遇，決定立刻出發。

1

過了不久，我們南下並預定前往起點，但C5的山頂附近出現了課題，我因而變更了前進路線。課題內容是一對一的拔河。出現時間只有短短的四十分鐘，甚至參加人數是按男女分別兩名，條件乍看之下很嚴格，但只要參加就能得到五分，而且獲勝還會追加給予十分，共計十五分。也因為必須短時間前往山頂，在這附近以外的對手大概都無法抵達。我很快就要迎接第四次的無視，考慮到會被扣掉兩分，我判斷應該先前往這邊。也極有可能不戰而勝，突然獲得十五分。

雖然這座山有點高度，不過我快步前進，在大約剩下五分鐘時抵達了課題。

我以為自己大概會是第一個抵達，可是有人先過來了。

「那個人到得真早，他原本就在很近的地方嗎？」

「不知道耶。」

就算他在C5南側，到這裡也需要一定的時間。

「雖然不知道能不能給妳當作參考，不過那個人就是高圓寺六助。」

「高圓寺……就是目前位在第四名，綾小路學長班上的人吧……總覺得確實有股很厲害的氣場。」

比我們早抵達的這點也很不可思議，而且到處都沒看見他的行李。他只有手上拿著一瓶礦泉水。

如果是一身輕的狀態，確實也可以理解會比我們更早登上山頂……

沒想到他連平板都沒有，就能像這樣四處移動，真不愧是高圓寺。

高圓寺似乎對於登上山頂而心滿意足，他只喝了一口水，就把剩下的一口氣淋在頭上。

「啊——……我真是個帥到出水的男人。看來我的力量比一年前更加提昇了。」

「他好像正在說些什麼，是在對我們說嗎……？」

「不，毫無疑問是自言自語。他應該正在自我陶醉。」

「這、這樣呀……」

七瀨搞不太懂，而對高圓寺的行動歪頭疑惑。

我認為不會有其他競爭對手過來，但剩下的受理時間不多了。總之，先完成報名吧。我們兩人申請，確定要參加課題。不過因為是一對一，我無可避免要和高圓寺單挑。另一方面，身為女性的七瀨沒有對手出現，因此確定不戰而勝。

「我的對手看來就是你了呢，綾小路boy。」

「是啊。」

我們截至目前的課題都會混入集團中，間接地跟同班同學競爭。

但像這樣直接一對一對決，我還是第一次體驗到。想不到第一戰的對手會是高圓寺。真希望這不會是奇妙緣份的開始。

負責這場課題的工作人員準備繩子，指示我們各自綁在身上。

想到無視次數還會增加，我就希望在這個狀況下盡量多蒐集分數，不過……

比起目前還沒擠進前十組的我，我判斷把分數讓給拿到第四名的高圓寺，我們最後的勝率會

比較高。雖然這是暫時性的，不過這樣他就會超過前面第二名的桐山組的一百三十五分，獨自升上第二名。

反正都要讓出勝利，我最好還是別浪費體力，並且不戰而敗。

接著不浪費時間地得到五分並且下山，前往起點的港口。

「要開始了，請快點做好準備。」

「你怎麼了嗎，學長？」

「沒有，我……」

「呵呵，你這個男人是以效率思考的呢。」

高圓寺理所當然地瞬間看穿我的想法。

「把分數讓給第四名的我，的確對班上比較好。而且也不會浪費時間。你認為不需要特地跟我對決，先不要參加比賽會比較好，對吧？」

「原來是這樣嗎？」

「就我來看，高圓寺你能表現活躍，我也沒有怨言呢。」

「可是，這樣堀北girl不會接受吧？依她來看，就算她認為與其讓我拿下第一名，拿下第二或第三名會更方便也不奇怪。」

高圓寺像是之前聽過我們的對話似的指出。

「那是其他D班學生在爭奪前幾名的情況。現在前十組中只有單人組的你，是只由二年D班構成的小組。如果我隨便搶奪分數，只會扯彼此的後腿。」

「我當然理解，不過這很荒謬呢。說到底，你就是自認有可能在這個課題上贏過我，才會像那樣想到沒用的事。不管是誰來參加，這場比賽勝利的都會是我。」

至今高圓寺挑戰了好幾項課題，全都贏得了獎項。

要說有人會把所有課題確實得到手，全年級各式各樣的組別裡，也就只有高圓寺了。

雖然有些課題會讓出第一名或第二名，但關於體力和運動的全都是第一名。

這項課題，他當然也有絕對的自信拿下第一名。

「腦中的自吹自擂就先到這邊吧，綾小路boy。沒那麼多機會能和提起幹勁的我交戰呢。」

永遠相信自己的力量，就是高圓寺最大的魅力。

我慢慢地拿起腳邊的繩子，把它纏在腰上。

「那麼倒數十秒。請在我喊到零的時候開始拔河。」

如果只在形式上戰鬥，輸給高圓寺的話，我也可以不用消耗多餘的體力。

「我感覺不到你的幹勁呢。」

就高圓寺來看，我的想法應該清晰可見。

「不過，你就試試吧。不管你怎麼掙扎，勝利都不會對你Smile。」

雙方抓好繩子後，就開始倒數十秒。

「——三、二、一……零！」

倒數喊到零，我便同時輕拉繩子。

高圓寺要是認真起來，我大概一秒就會被拉過去了。

可是，繩子絲毫沒有往對方過去的動靜。

正面與我對峙的高圓寺無畏地笑著，等我認真參加。

我沒什麼打算認真比賽，但也不想浪費時間。

既然這樣，稍微反擊並威脅高圓寺，說不定會比較快分出勝負。

如果對手用超出自己想像的力量把繩子拉過去，高圓寺也只能急忙出力。

要在拔河上獲勝，並非單純往後施力。

手在繩子上受到的摩擦力，以及腳在地面接受的摩擦力與正向力。

要說得更仔細一點，重力也會有所影響。

我握住繩子，盡可能地發揮握力。然後把腳伸直，不彎曲身體地往後方傾斜。

接著彎起膝蓋，在腰部附近拉繩子——

中央稍有移動，繩索被拉到了我這邊。到這裡都跟我計算得一樣。

可是，移動幅度比預想得少。

凶暴的力量打算扯回自己拉著的那條繩索，瞬間封住了我的反擊。

「要在拔河上獲勝的話，需要的不是技巧，而是純粹的力量呢。」

我絕不算是在放水，但高圓寺的拉力，將原本靠往我這邊的繩子拉回中央，回到持平狀態。

從這個狀態來看，我和高圓寺的力氣似乎幾乎不相上下。

對方的體重比我更重，如果我在拔河上最重要的體重輸給對手，又無法在其他因素上取得優勢，就會難以獲勝。如果我發揮到體力的極限，也有辦法上演一場激烈戰鬥，等待高圓寺腳滑之類的失誤，不過這樣只會浪費時間與體力。之後才會出現我能勝利的戰略。

繩子把我的手指勒得很痛，我重新思考力氣不分上下的這件事實。高圓寺這個男人的身體能力果然是不同水準。即使是高中生中出類拔萃的須藤或阿爾伯特，在這男人面前都會顯得遠遠不如。就連「超高中級」這種頭銜，都會形容得不夠徹底吧。

我再次出力表現出拉扯的動作，高圓寺也施了相同的力氣。

我沒有放過這個瞬間，並一口氣緩下手的力道。

繩子當然被拉到高圓寺那邊，三兩下就定出了勝敗。

「你真是徹底重視效率呢。」

高圓寺似乎有點傻眼，好像就此對我失去了興趣，沒有再來找我說話。

「真是遺憾，學長。」

「不會。就算我跟高圓寺戰鬥，也不會是什麼像樣的比賽。這是理所當然的結果。」

就結果上來說，這樣二年D班隸屬的小組就進帳了二十分。

光就這點來看，來到這裡都有很重大的意義。

「妳體力上沒問題吧？」

「老實說，腳有些地方有點痠。」

她說完，就稍微搓了搓大腿。

「但就像我要求一起行動時說的那樣，請你隨心所欲地移動。」

七瀨完全不打算軟下緊咬上來的態度。

「那麼，我要全速前進了。」

「好的！」

高圓寺不知不覺就從其他路線開始下山，已不見蹤影。

2

我們接下來花了大概兩小時，終於回到起點的D9港口。

慢了一分鐘，七瀨上氣不接下氣地也追了過來。

「呼……總算追上了。」

她一邊用毛巾擦汗，一邊調整呼吸。

「實在很難想像妳是高一女生耶，想不到妳的體力這麼好。」

截至目前一起行動，她也是數度讓我感到佩服，但這次是其中最厲害的一次。

「不會，綾小路學長連呼吸都沒有亂掉……果然是很厲害的人。」

「我只是勉強故作平靜。比起這個，妳看。」

「哇——好厲害喔。」

七瀨調整好呼吸，驚訝於繁忙進出的人數之多。

這裡不僅可以加購物資、可以免費接受治療或沖澡，也可以使用打掃得很乾淨的廁所。

也就是說，這裡對學生來說是綠洲，是唯一能放心委身的據點。

去指定區域順路過來的人，或是果斷地打算來尋求休息一兩次的人。在這裡的人應該是抱著各種想法靠近這地方。

管理這裡的學校相關人士也匆忙地工作著。

「所以……你前來起點的理由是什麼呢？」

「在談這件事以前，要先考課題。」

「啊，說得也是。」

我從和高圓寺比過拔河的C5移入C8區的時候，起點的D9就出現了課題。

課題：公開水域游泳

是從起點到終點游大約兩公里的競賽。

這在目前為止的課題中要求身體能力的項目上，算是頂級且高難度。好像是因為這樣，能得到的分數是可謂最高分的二十分。

地點就區域來說算是容易抵達，因此很快就會達到參加的上限，可是畢竟考試是這種內容，參加的學生人數一定很有限。

話說回來，今天海上的風浪還滿大的。

在海上游泳和在泳池游泳是兩回事。正因為伴隨著危險，所以也能說是只有可能在起點附近開辦的課題。

為了以防萬一，救生員應該正在待命以便趕往。

好像是在港口受理登記，因此我們走向那邊。

遠遠地看，似乎也已湊到了一定的人數，結果究竟如何呢？

我們為了報名而抵達港口。

「不好意思。男生最後的名額已經在幾分鐘前額滿。」

這讓我想起沙灘搶旗時，只剩一個女生名額的狀況。

這個課題名額不算很多，不過我以為會有很多學生不參加。

但是，我最驚訝的是——

「學長……那位，是高圓寺學長吧？」

我們眼前看見的，毫無疑問就是高圓寺的背影。

他應該不是課題發表後才來這裡的……不過真驚訝。

「呃……」

「如果妳打算參加比賽，那可以去參加。不過，體力上沒問題嗎？」

來到這裡的路途不算輕鬆。

說七瀨的體力已經見底了也不為過。

必須在更衣或課題開始前的短暫時間內回復體力。

「很難說是狀態萬全……可是機會難得，我想努力看看。」

她好像幹勁十足。

「我在對面等妳。結束後就過來吧。」

「是！」

我目送七瀨後，先離開那地方。

接下來，為了完成來到起點的最大目的，我試著接近某個人物。目標人物就在沙灘上立著遮陽傘，優雅地坐在沙灘椅上。

「你好，綾小路同學。今天好像也會是非常炎熱的一天呢。」

「狀況如何？」

「應該算是還好。一之瀨同學和柴田同學都很努力，我不能再多做要求。」

坂柳的組員是一之瀨和柴田。坂柳的腳不好，所以是以半退出的形式參加考試。人數少，抵達加分當然一次只能得到兩分。

「我想問妳一件事，妳拿得到抵達順序報酬嗎？」

組別有學生退出，抵達順序報酬就會消失，但坂柳的立場很特殊。

「很慶幸的是學校允許。畢竟我也不是故意退出。」

就算現在沒出現在前十組，應該也可以當作有留下一定的成果。

「對了，你今天是為了什麼事來起點呢？」

「其中一個已經算是白跑了一趟。」

我看向接下來就要開始舉行的開放水域游泳。

「很可惜，最後一個名額被高圓寺拿走了。」

「他今天早上是第四名，目前好像是第二名。他真是二年D班的天才呢。」

「我也覺得。」

前段陣容多半是在微小差距上競爭。假如高圓寺可以在這個時間點拿下第一名，他在總分上也會暫時躍居第一名。

「我想七瀨課題結束回來前會花上三十分鐘。請來這邊。陰影下很涼爽喲。」

坂柳在陽傘下建議我可以利用空出來的空間。

「妳怎麼會知道七瀨的事？」

「無人島上的情報都會定期傳來我這邊。」

我也有不少機會和二年A班學生隸屬的組別擦身而過。就算當中有人向位在起點的坂柳報告，似乎也不足為奇。畢竟跟學妹單獨行動，在不好的意義上很招搖呢。

「但這樣好嗎？我是妳的敵人喔。」

這種氣溫無法樂觀地認為「這段時間不過就是三十分鐘」。

如果一直站在這個沒有陰影的地方，會無法避免消耗相應的體力。

「呵呵，別客氣。」

意思是我沒進入前十名，甚至沒必要視為敵人嗎？

參加課題的學生們都踩著沙灘，並且下水做好準備。

接下來過沒不久，男子游泳賽就開始了。

「還真是壓倒性呢。」

高圓寺從開始就一馬當先，直接甩開後續參賽者地衝向終點。扣除區域之間移動消耗的體力，他的體力似乎還綽綽有餘。

「高圓寺同學在這次的特別考試上好像幹勁十足。就其他小組來看，是很有威脅性的人物。」

僅限於這座無人島，目前他確實能說是可靠的夥伴。

「其實，我想拜託妳一件事。」

「拜託我？這還真有意思呢，請務必告訴我。」

通常應該根本不會想聽敵人提出的要求，但坂柳的眼睛亮了起來。

「特別考試已經過了五天，退出的學生目前只有兩個。」

「是小宮同學和木下同學吧，你還真清楚呢。」

「我剛好就在他們退出的現場。」

我這麼說明，坂柳就感興趣地點了一下頭。

「看見剩下來的篠原同學還在奮戰……應該是跟什麼人合作撐著吧。」

「答對了。」

「但憑她的能力，要在後半場考試單打獨鬥相當嚴苛。你希望她在前期就被某個小組吸收……原來如此。」

就算我不說明，坂柳也推理出我過來是為了拜託什麼。話題就這樣進行下去。

「意思是說，你因此希望得到我的協助。你見到龍園同學了嗎？」

「小宮和木下好像相當受到他的賞識，他參與了我的提議。」

「這樣呀。」

坂柳覺得很有意思地微笑，確認般地往我看來。

「龍園同學會幫忙是很自然的，但這對我沒有好處。硬要說的話，就是二年級的班級點數會流向其他學年，不過老實說，這樣對A班沒有損害，我認為不需要在意。」

她乖乖地聽完這件事，但也表示這依舊是兩碼子事。

「不過，如果你能接受在相同條件之下合作，那事情就另當別論了。」

這個提議極為理所當然。多虧坂柳的觀察力很好，我們以最短的時間抵達結論。

「我很想立刻回答自己接受條件，可是這無論如何都會需要人手。」

「我當然會等你。不過這個戰略會需要時間與勞力，要行動的話，我認為或許快一點會比較好。」

「是啊。」

再說，應該看成南雲早期階段就執行類似的事。

從中盤到後半段，恐怕就會展開利用這項戰略的戰鬥。

「我會再聯絡妳。」

「就交給你轉達了，堀北同學和龍園同學都是。」

我點頭，不打算久留而離開坂柳身邊。

因為待在這裡太招搖了。

後來，我再次回到港口的中心。

幾個學生映入了我的眼簾。一年級們正從真嶋老師那邊接下商品。看來真嶋老師在負責買賣。

雖然我幾乎沒有點數，還是順路過去看了。

「您好。」

「綾小路啊……你來得正好。你可以一邊看商品，一邊聽我說些話。」

我順著真嶋的提議，靠過去隨意看著商品。

「自從這場無人島考試開始，月城代理理事長也沒有明顯的動作。沒看到有對你計劃些什麼的動作。」

「換句話說，您的意思是完全不用擔心他會動手。」

「……雖然我很想說就是這樣，但無法說完全沒有奇怪的動作。」

「怎麼說呢？」

我緩緩移動，不時拿起商品。

「這場考試上，很難說準誰會在何時、何地遇到危險。尤其是受到需要急救的重傷時，學校也有做好準備利用小型船隻或直升機進行援救。」

「這是當然的吧。」

若是在島嶼另一側等待幫助或是視天候狀況會利用船隻，而分秒必爭時則會利用直升機，現在就算為了不同的使用方式而正在待命也不足為奇。

「直升機一架，小船應該也要準備一艘，不知為何卻準備了兩艘。我調查之後，得知是月城代理理事長為了安全起見而叫人準備的。」

真嶋老師在考試上監視月城的同時，似乎也不怠於蒐集情報。

「不難想像他是預料到救護會重疊的狀況，對吧？」

「當然沒錯。我只是在說，如果硬要讓我說一件在意的事——」

原本應該只會準備一艘小船，現在卻有兩艘嗎？

不過，就算說是小型船，運作的話還是難免引人注意。沒有學生發出SOS大概很難發動小船吧。重要的是，就算把船拉出去，也存在著要如何跟我連結在一起的問題。

「代理理事長平常都在哪裡？」

「基本上都在帳篷中的監控室待命，確認學生們的手錶有無異常。當然會和其他的工作人員們一起。每天也會花幾個小時巡視幾次無人島。」

「代理理事長特地親自巡視嗎？」

「沒錯。」

意思是雖然不知道他在做什麼，但一天之中會有幾個小時無法觀察他。

「我實在有種不好的預感。你小心點，綾小路。」

「謝謝您特地給我忠告。」

我認為自己當然有盡可能地提防，但也無法無視考試。我畢竟會一直被基本移動的強制性題目束縛。

3

起點正在舉行開放水域游泳。

結果，七瀨錯失第一名，但還是擠進了第三名，獲得了分數。

想到她在短時間內走過嚴酷的漫長路程，這樣已經算是很出色了。

我在她回來之後向她慰勞，但七瀨的臉上沒什麼喜悅。

「拿下第一名的是我們班的小野寺。尤其在游泳上，她是個強敵。妳最好不要太在意自己輸掉。」

面對小野寺這個游泳社的對手，虧她跟得上。

「好的。小野寺學姊的確很厲害，但我在意的是——」

七瀨回頭凝視那名人物。

就是在男子賽展現壓倒性實力，並奪下第一名的高圓寺。

「他不只以超越我們的速度返回起點，還以不可思議的游泳秒數得到第一名。」

而且高圓寺的呼吸沒有任何紊亂，優雅地眺望著大海。

「他是怪人，也是超人。光是在意都白費力氣喔。」

雖然我這麼說，但有關高圓寺的事情，身為他的同班同學，我也在特別考試上對他重新改寫了兩三次評價。就剛才拔河的這個例子來說也是這樣。

深感他擁有深不見底的潛力。

如果他是自然而然就完成這些事，那可說是無庸置疑的天才。

加上的二十分報酬，讓高圓寺暫時躍上了第一名。

可是，南雲不會這樣就陷入不利。

倒不如說，南雲的立場才具壓倒性優勢，那是不可動搖的。

南雲今後毫無疑問會把組別人數增加到最多的人數。

南雲組變成六個人，加分速度就會越來越快，並開始遙遙領先吧。

就算至今單打獨鬥的高圓寺讓人吃驚，這場特別考試也贏不過人數。

到時，高圓寺究竟會怎麼面對呢？

接下來，我們決定先在下一個區域公布之前休息。

我拿著可以免費喝的水，暫時躺著靜靜休息。

然後下午一點，第三次的區域公布了。

指定區域原本在H9，這次一口氣隨機跑到了B6。

我到目前共計無視五次，失去了一些分數。

無論如何都希望在這邊踏入指定區域。

「有一定的距離呢……學長。」

七瀨看見B6，以閃閃發亮的眼睛看過來。

「穿越森林的話，要耗費一些力氣。可是從D8和C8離開海邊，再從B8的海邊出來接著北上，就能不迷路地抵達B6。」

想到相同路線的七瀨點頭後站起身來。

「幸好體力恢復了，而且也補充了水分。我在行動上沒有問題。」

雖然依依不捨，但我還是離開起點，再度邁向無人島的森林。

有段時間還可以看見許多學生，可是一旦步入森林中，馬上就再次進入與孤獨的戰鬥。

這裡跟陽光強烈直射的海邊不一樣，潮濕的悶熱感開始侵蝕身體。

「喉嚨已經開始渴了呢。」

「能在起點補充水分很令人感激，可是這樣又會讓人很懷念水。」

原本可以隨心所欲喝水，卻要被迫節約用水，無論如何對比下的副作用都會很強烈。正因如此，在必須賺分數的情況下，勢必會有組別停留在起點附近。

「停留在起點的組別比我想像中更多，果然是在無人島上生活長達四五天會很難受、痛苦的關係嗎？」

「我想也是有可能，但不只是這樣。最大的因素是變得可以看見倒數十組。」

「……這樣呀。包含最後一名，有退學風險的組別只到第五組。第四天開始可以在平板上了解各組的狀況，心裡就會產生餘力……」

第三天結束前，幾乎所有學生都是在全力戰鬥吧。因為我們必須在不熟悉的無人島四處奔走，被指定區域和課題耍得團團轉，並盡量多累積一點分數——為了逃離位在最底端的「退學」。

可是，第四天卻有了巨變。學生們把自己擁有的分數與後段組別的分數比較，用短短三天的經驗產生的不正確標準，來推算自己一天能賺到多少分數，並判斷情勢有利還是不利。

「可是，就算領先十分、二十分，也沒有完全的保證吧？是我的話，我就會盡量努力多蒐集三十分、四十分保持領先。」

「不管是誰，腦中當然都知道應該這麼做。學生都是抱著從頭到尾都要全力以赴的想法參加這場特別考試。但現實沒有那麼天真。就像現在我們渴望喝水一樣，一旦有過美好的體驗，緬緊的心就會鬆懈下來。」

「有道理……經你這麼一說，我或許就可以理解。就算在筆試前一天做好覺悟通宵讀書，還是會覺得想睡個五分鐘、想睡個十分鐘，結果就不小心鑽進被窩睡到早上……」

七瀨好像有過這種經驗，她似乎想起過去而有點難為情。

「第四天開始，會漸漸耗盡手頭上的食材和飲水，而且疲勞也會累積。我們有經過起點，所以我想妳也會懂。看見其他組別在那裡休息，就會覺得自己也應該稍微休息，是很自然的發展。」

假設起點沒有任何人休息，多數組別應該都會轉換想法，認為只能努力，而下定決心再次出發。

「學生們應該會在起點一邊休息，一邊討論。認為自己的得分暫時領先，所以要在可以確保飲水與安全的這裡休息，同時在不勉強的程度上拿下課題。確保一定的食材或飲水再出發。」

七瀨邊聽邊點頭，但心裡似乎突然湧出新的疑問。

「那麼，放棄這些美好而硬拚到底，才會是正確答案……我可以當成這樣嗎？」

「妳說為了多蒐集分數而希望領先，但疲勞不是會一直累積嗎？畢竟妳也挑戰過比我更多的運用身體的課題。」

「是、是的。雖然我剛才回答自己會努力，但我認為步調跟第一天相比，實際上有變慢。總覺得到了明後天會降得更慢。」

雖然沒說出口，但她在肉體上的損傷應該比想像中嚴重。

不只是課題，這五天也不知道走了幾十公里的路途。

「休息很重要，而有時即使要勉強自己也必須蒐集分數。總之，什麼時機做什麼事情很重要。絕對必須避免的就是和多數學生做出相同行為。」

多數人選擇休息就行動，而多數人在行動時則要休息。

「我認為你這幾天特別考試都在放水。可是，這是為了能在前半場考試四處奔波時不逼近極限，對吧？」

「基本方針是這樣沒錯。如果我認為有機會，當然也會勉強自己，但拚命緊咬競爭率高的課題，可以得到的分數也有限。」

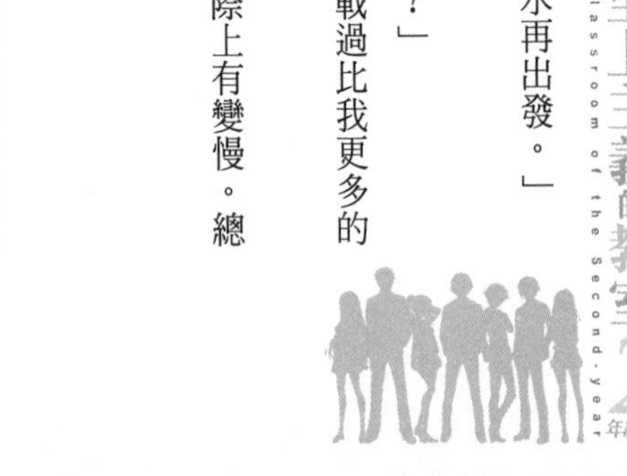

之前也有好幾項課題是我自認參加就可以贏，但大部分都已經有學生先報名，我就連挑戰的權利都得不到。

「為什麼……你願意告訴我這種事呢？我總覺得學長到目前為止好像會岔開這種話題，或者該說都會糊弄過去。」

為什麼嗎？她說得確實沒錯。我平常不會把這種話告訴別人。

我為什麼會毫無隱瞞地說出戰略的「一部分」呢——

兩個人巡迴無人島數日，也會開始了解對方的為人。

七瀨翼這名學生，有著怎樣的個性、有著怎樣的想法。她是課業、運動都比一般人優秀的認真資優生。雖會無怨言地服從指示，但不論對方是誰她都會毫不猶豫地指出錯誤，以及提出疑問。重要的是核心部分很強韌，不會輕易地屈服。這是優點，同時也是缺點，也能說是很笨拙的生活態度。正因為七瀨是這樣的人，我不得不覺得她和寶泉合作很突兀。她是因為自己身為White Room學生，而打算把我逼到退學嗎？

或者是抱著某些別的理由呢？

我原本以為她在無人島上提議跟我一起行動，是為了攻擊我的破綻。

正因如此，我認為自己在各種場面上表現得很鬆懈。

如果是在黑暗的森林裡，就算發生什麼事，學校也監視不到。

但結果七瀨從來沒有表現出那種舉止。池的煩惱、篠原他們困擾時，她都打算全力幫助並且合作。

「簡單來說，妳是個很明確的敵人。因為這是要和其他年級競爭的特別考試，而且也有之前讓我退學就可以得到兩千萬點的那件事。」

「……是的。我之前打算暗算學長。」

「不過，我心裡的某些地方還是很難把妳想成敵人。」

「即使明明我做出了明顯的敵對行為，是嗎……」

「真不可思議呢。還有另一件事，因為我覺得就算我不說出口，妳對我的戰略也有一定的了解。」

雖然她在這裡反覆表現得吃驚，但心裡其實有發現我的戰略。

她發現了卻裝作不知道，打算從我這裡套出某些事情。

「雖然這只是我的直覺。」

我說到這邊，七瀨就陷入了沉默。

我沒有深究，兩人單獨在森林中默默地走著。

首先，今天要把追上指定區域作為最優先的考量。

4

「呼──總算順利到達最後的指定區域了呢。」

七瀨為了擺脫全身的疲勞而吐氣，一屁股坐在原地。

今天的第四次指定區域是B6正上方的B5。

對七瀨來說，即使只是要移動這段距離，應該都是相當大的負擔。

「妳好像很勉強自己。」

從起點出發沒多久時還好，後來七瀨走路的速度就逐漸減緩。我有考慮視情況留下七瀨，或視情況單獨前往指定區域，結果她到最後都靠著毅力跟了過來。

「老實說，游泳課題很吃力。」

那個無疑把她的餘力削減得一點也不剩了。

「這樣今天就結束了。慢慢找個地方紮營就可以了吧。」

我稍作休息，等七瀨能走了以後，再尋找適當的地點。

我們在周圍找了一段時間，來到一處開闊的地方。在那裡遇見一個組別。他們似乎正要吃晚餐，帳篷前擺著各式各樣的烹調器具。

「嗨。」

雖然是空間十足的好地方，不過我們的關係沒有特別親密，要一起搭帳篷的難度很高。我打算經過時，就被小組的其中一人搭了話。

他是二年C班的濱口哲也。我簡單舉手回應，七瀨也受我影響地點頭致意。

「你趕時間嗎？」

「沒有，我是想稍微往海邊的方向過去，這裡就是我今天的目的地了。」

「那你要不要繞路過來一下？」

自從去年在無人島回程舉行的船上考試以來，我和濱口是第一次交談。

我們只是在那裡共度短暫的時光，普通的校園生活中完全沒有交集。

雖然距離能稱作朋友的關係遙不可及……

他究竟是抱著何種想法向我搭話的呢？

「很為難的話，也不用勉強。」

他看我們沉默很久，就有點抱歉地補充。

七瀨沒有半句怨言地跟了過來，但是疲勞也到達了巔峰。

「那麼，就請讓我們休息一下吧。」

「歡迎歡迎。」

濱口就像是在迎接親近的朋友進入房間，讓我們進了據點。

能散發這種氛圍的，就只有一之瀨的同學了吧。

不過我在意的不是濱口，而是剩下的兩個人。

她們因為聽見交談聲，所以幾乎同時從帳篷探頭。

是安藤紗代跟南方小梢。

她們不時往我看來，而且互相悄聲地討論著什麼。

「如果你們是勉強邀請我，那我會馬上離開。」

別班的學生在旁邊會讓人不自在的話，那我離開應該會比較好。

我這麼想，安藤和南方卻急忙阻止。

「不是不是，我們是在聊不一樣的話題。我們也很想和你聊一聊，你今天就在這裡露營嘛。是吧，小梢？」

安藤說完，就徵求南方的同意，她也意見相同地頻頻點頭同意。

「如果決定要先休息，那就得舉辦歡迎會了呢。」

濱口說完，就拿出了放在帳篷裡的背包。

他毫不遮掩地打開背包拉開拉鍊，展示了大量的罐頭。

「數量真是驚人。」

光就可見的食材，似乎就可以輕鬆撐過一個星期。

「其實我們三個都是以一點五倍的點數開始，所以比其他組別更有餘力把資源分配給食材。」

雖然我已經調查清楚這件事，但還是先在這裡坦率地表現佩服。通常三個人是一萬五千點。但濱口他們是兩萬兩千五百點。買下豐富的肉品與烤肉架還是綽綽有餘。當然，這種物品不適合移動。重量也會提昇。

二年C班的強處，舉例來說就是獨行俠很少。儘管這樣，他們乍看是在用剩下的點數亂買東西，但應該並不是這樣。

這很可能是一之瀨的想法。拿著大量食材移動極為辛苦。尤其爐具之類的道具，基本上只會成為妨礙。可是，如果由別人保管的話就另當別論了。這種想法是希望在烹調肉或魚的時候共享便利的物品。

這次的特別考試上，學校有在正式形式上同意學生共享食物。如果把這三個人當作是二年C班負責廚房的人員，就說得通了。

濱口從背包拿出一綑竹籤。

「這是非常有意思的戰略呢。」

七瀨應該也想到了跟我很類似的事，她這麼輕聲說。

「可能吧。」

「我們一年級非常欠缺團結力。應該沒那麼多學生擁有為了某個人的這種想法。」

可是，這麼一來浮現的就會是其他問題。

雖然有人負責保護食材很重要，但這樣就會產生得分問題。

指定區域的移動帶來的懲罰，雖然搞不好是一個人去補足就好了，但還是會被周圍的競爭對手們漸漸地甩開。這樣的話，勢必無法避免站在通往退學的門口。

「你們兩個都吃烤肉，好嗎？」

「咦，什麼意思呢？」

「今天的晚餐，就讓我們請客吧。妳們也是這麼想，對吧？」

兩名女生沒有對濱口徵詢同意表現出任何不情願，而是立刻回答並點頭同意。

「不，等一下。我很感謝你們的心意，可是我不能收下。」

「是啊，因為這可是寶貴的食材。」

我和七瀨很感激三人的好意，但還是拒絕，濱口卻不打算聽進去，而是繼續準備食物。他們實在太濫好人了。食材應該要用來支援傷腦筋的同學，而不是為了別班或其他學年消耗。

濱口完全不放在心上，並從保冷箱拿出盒裝肉塊。

「真的可以不用在意喔。我們今天偶然在課題報酬上得到了牛肉呢。反正也不能久放，所以必須我們幾個人消耗掉。」

他們把切過的肉塊插上竹籤，打算招待我們正式的料理。

或許是為了營造舒適的空間，甚至連驅蟲用品都拿出來了。

「請問這樣真的好嗎……連我也請。」

「別客氣。」

就算他們班有喜歡照顧他人的傾向，但為什麼會是我呢？

他們應該不會招待所有經過的學生吧？

「你很好奇我為什麼找你嗎？」

「因為你還說要請客，當然會好奇。」

濱口想了一下，就稍微說出理由。

「因為最近經常聽見你的事，我們也想跟你聊一聊。對吧？」

「嗯嗯。」

「這話的意思是？」

「誰教你——對吧？」

南方和安藤也配合他的解釋表示同意。

「你懂吧？」安藤跟我確認。

我什麼也沒回答，安藤和南方的表情就漸漸轉為驚訝。

「咦，那麼果然還是沒有任何進展嗎？」

「不會吧——我還以為至少是朋友以上，戀人未滿耶。」

「真是的，對吧？最近小帆波的嘴上經常掛著綾小路同學。」

「是這樣嗎？」

「雖然這種話不該由我們來說……但你們沒有理由不交往吧？」

聽說女生都喜歡這類話題，但真虧她們有辦法在本人面前說出口。

七瀨似乎也終於理解了狀況，不知為何對我投以深感興趣的眼神。

「……雖然不是很清楚，但我覺得我們不可能交往喔。」

「不不不，不會啦不會啦。我再說一次，對方可是那個小帆波耶！」

「雖然沒有任何男生說出口，可是二年級大概有八九成都喜歡小帆波對吧——！」

「我覺得肯定沒錯。」

我確實沒有任何材料可以否定一之瀨很受歡迎，但說九成太過頭了。實際上，須藤就喜歡堀北、池喜歡篠原，此外也有許多戀愛的形式。

「班級的確不同，可是我覺得談戀愛應該不用在意這種事。有不少情侶都是班級或學年不同也照樣交往。」

「作為大前提，一之瀨對我這種人沒興趣吧？」

「唔哇，你是在謙虛嗎？從一開始入學，綾小路同學在女生之間就有滿多人在討論的喲。」

我回顧了一下，想起櫛田也對我說過這種話。

該說是沒有當真嗎，我沒有深入想過就是了。

「綾小路學長真受歡迎。」

「沒有，一點也不受歡迎。也沒有女生對我說過類似的話。」

「真的嗎～？啊——不過，話題確實一下子就消失了呢。」

「這也沒辦法。畢竟有沒有喜歡上對方的這件事，要是不好好面對面說出口，對方也不會知道。一年前的綾小路同學也不是那種會跟人交談的人。」

「總覺得這部分現在也沒什麼改變耶～」

兩個女生在我的話題上覺得既有趣又好笑，興致高昂地笑著。

「那麼意思是現在的綾小路學長變了很多嗎？」

聽著對話的七瀨對兩人提問。

「給人的印象隱約變柔軟了吧？」

濱口剛好上完廁所回來，對七瀨這麼回答。我沒和安藤和南方交談過，不過有跟他在船上考試共度一段時光。

他稱得上是能將我一年前後的印象進行比較的不二人選。

不過……我在這三人身上感覺不到自己或許會退學的恐懼。雖然具體的分數當然不明朗，不過排名一定不在前面。

如果是這樣……

後來我們受到熱情款待，在這個地方跟他們共度了一晚。

開始動作的一年級生們

特別考試的「第六天」。第一次移動的目的地是Ｂ６。我筆直地南下，獲得了第一名。之後的第二次是Ａ５。這個也很近，但遺憾的是我只拿到抵達加分。

然後下午一點公布的第三次是隨機指定，我被要求移動到Ｃ３。位在Ａ５的我們，有幾條路線前往指定區域Ｃ３。一個方式是穿越Ａ４和Ｂ４的高聳山脈，以最短距離前進。雖然地圖上不是很清楚，但應該會需要攀岩。另一條路線是稍微迴避風險，越過Ｃ４。最後一個路線則是移動到Ｄ５並經過河邊，繞很大一圈遠路。

「我認為其他組別可能會選擇越過Ｃ４或繞遠路。」

「是啊。」

如果順利地越過Ａ４、Ｂ４，抵達順序報酬第一名應該也很有可能實現。

「雖然我認為還沒完全擺脫疲勞感，但還是要走亂來一點的路線。」

「你要以最短的距離通過嗎？」

七瀨直到目前都設法跟上我，可是接下來究竟能否撐過去呢？

她做好這份覺悟，意志沒有動搖，並從後方跟上來。

七瀨的眼前，不久後就會有重大的試煉阻擋。

目前為止都只有陡坡，但現在眼前出現了一大面懸崖。

環顧左右，是清一色的懸崖，大概無法輕易地繞路。

這麼一來，就是折返或攀上懸崖間二選一。

「我、我可以上去的！」

對於沒多說什麼就主動這麼開口的七瀨，我決定讓她先前進並觀察情況。

七瀨從背包拿出緞帶將長髮紮起，方便自己攀爬。

「唔……！」

七瀨正要開始爬，就踩空摔下。

「痛痛痛……！」

她揉揉屁股站了起來。幸好高度不是太高，要是從再爬個兩公尺的地方跌落，就不會是這種程度能了事。

雖然難度沒那麼高，但七瀨還是很難自己爬完高度近十公尺的懸崖。

「到此為止了呢。」

眼前的這道現實的牆，比想像中還要巨大。

虧她這六天能跟上來，但接下來我就應該獨自前進了。

「我、我爬得上去！」

「就算爬得上去，在這裡耗盡體力也沒意義。我是為了縮短時間，而背著風險登頂。既然不一定所有人都會繞路過去，我分秒都不能浪費。」

七瀨應該也很清楚，講廢話是最浪費時間的。

「我要過去。如果妳還是要爬，那就隨妳高興。妳要自己負責。」

我放著毫不掩飾不甘心的七瀨不管，抓住岩壁爬了上去。

七瀨應該可以做出冷靜的判斷。我這麼想，本來不打算回頭的，但感覺到身後有人追來的動靜，於是轉頭過去。

「妳在幹嘛？」

「別放在……心上。我會靠自己追上綾小路學長……！」

她這麼說完，不怕摔落地伸出手臂。

她手臂的疲勞沒有完全消除，因而無法好好出力，手在前方抓住的岩石上發抖。

「最糟可能不會只是退場就沒事喔。」

我再次忠告，七瀨依舊不放棄地追上來。

她為什麼不惜做到這樣，也想跟我一起行動呢？

假如是想成為累贅妨礙我，這在某種意義上也是個正解。

我在原本爬到中間位置的地方，好好確認腳下再往下爬。

接著對七瀨伸手。

「抓著。」

「不、不，這樣可不行。我是以你不幫忙為條件，請你讓我一起行動……請別在意我，你就先走吧。」

「要是我先走，結果妳受傷，我在事後會覺得很糟。如果是妳拜託我就另當別論，但這是我自作主張的雞婆。妳不用放在心上。」

「可是……！」

「聊這種話的期間也是浪費時間。不是嗎？」

我再次說明一樣的事情，七瀨變得連反駁都沒辦法。

「……是。」

七瀨似乎有點不甘心，但還是抓住了我的手。她的體力當然低下，可是即使狀態萬全，能否攀岩又是另一回事。

「學長……你有攀岩的經驗嗎？」

「沒有，我是第一次像這樣攀岩。」

這場考試凡事都必須一邊摸索，一邊執行。如果考慮到風險，像這樣對人伸出援手，原本也不能說是個很正確的做法。

「這樣呀……」

我拉起她的手，引導到她該抓住的地方。

儘管重複這些沒有效率的行為，我們還是設法爬上了懸崖。

但並不是這樣就會抵達終點。光是這些互動，我就損失了超過十分鐘。我沒有休息地踏出步伐。如果是從這裡，最糟的情況是就算剩她一人，只要花點時間她也可以獨力爬下懸崖。我邁步而出後，她晚了點出發，但拚命緊跟上來的態度就跟之前沒什麼兩樣。

我隱隱覺得她很像一隻狗，同時決定開始趕路。

我們總算抵達C3。雖然花了一些時間，但我得到了第一名，沒有其他競爭對手。

「太、太好了……！」

明明不是自己拿下抵達順序報酬第二名，七瀨卻開心地鬆了口氣。

距離下一個指定區域還有一段時間，我就陪她稍作休息吧。

也因為是在山上，不時吹來的風，讓人覺得很舒服。

「到昨天幾乎都沒有風，不過今天的風真強。」

萬里無雲的天空頓時多了厚厚的雲層，開始轉陰。

「升上高中突然就被迫要過無人島生活，妳還是有被嚇到吧？」

「這是當然。會覺得這間學校很誇張。」

七瀨靦腆地苦笑。

「學長，這間學校有趣嗎？」

「是啊。雖然有很多辛苦的事，但我從來不覺得這間學校無趣。」

學校每天乍看都一樣，不過還是會有些不一樣的地方。

所以，我能不對每天都展現不同樣貌的學校厭煩，一直開心地上學。

「畢業前看似漫長，但時間一定會過得很快。所以要是可以過得不留悔憾會是最好的。」

「……畢業……」

「怎麼了？」

「沒、沒有。沒什麼事。」

七瀨截至目前的幾天都跟我很親近，現在卻隱約散發不同的氛圍。

這是在她入學沒多久的期間，我所見到的她的模樣。

可是很細微，要說是錯覺也可以。

如果她有什麼想法，我也只能等她之後告訴我。

1

考試第六天的晚上九點。幾個代表一年級的人物約定要在F9集合。

A班的高橋修、B班的八神拓也、C班的宇都宮陸、同為C班的椿櫻子、一年D班的寶泉和臣。四散的學生們通常很難遇見彼此，但特別考試開始前就預先決定碰面的地點則不在此限。

而且，若是屬於海邊的這個地方，一個火堆就能成為明確的記號。

主導此事的人——是目前沒有顯著功績的椿。

雖然過了約定時間，可是寶泉還沒有抵達。

「椿同學，寶泉同學好像還沒到。」

「算了，他也不像是會按時過來的人。也有可能不會過來。」

討論往稍作等候的方向走，高橋卻在這時按著腹部，並舉起手。

「各位，抱歉……我的肚子有點痛，要上個廁所。可能要花上不少時間。」

高橋這樣說完，就匆匆地往森林奔跑。

八神凝視著這樣的高橋，接著看了椿。

「雖然全員到齊對我們來說比較方便……」

八神想到了某些事，很快地開口說：

「寶泉同學還沒過來，我可以問一些事情嗎？」

凝視著火焰的椿，靜靜地回過頭。

「幹嘛……？」

「我在想，妳是不是該把具體的提議告訴我們。」

「什麼意思？」

「妳在策劃什麼大事吧？否則就不會提議在靠近考試後半場的時間點，集合所有班級的代表人物。這不會純粹是中場報告吧？」

椿只將目光看向八神。

「妳在OAA上乍看屬於中下，不算是有什麼值得注意的地方。可是，妳在目前一年級的戰鬥上，都會不時做出一針見血的發言。而且……」

「而且？」

「C班看似沒有為了讓綾小路學長退學採取行動，但我推測是妳在檯面下動作。表現得像是宇都宮同學在主導，其實在背後操縱的是妳吧？」

「哦——？你這些話真有意思呀，八神同學。你就是知道我在想什麼，所以才會支持這次集合的提議嗎？」

椿一個人說要集合，各班的大人物們一定都不會行動。

因為椿不曾有過亮眼的表現，沒有學生會服從她。

但這次能順利召集，是因為八神的大力支援。

「我自始至終都認為全體一年級應該互相合作。就算妳沒有很深的想法，我認為即使只能確認狀況也很有意義。」

「我說呀，八神同學，我就告訴你一件很有意思的事吧。」

「有意思的事嗎？我非常感興趣。」

「不過，聽完那件很有意思的事……結果會怎麼樣，我就沒辦法做出任何保證了呢。」

「……這還真有意思。」

八神有點防備，但還是不反悔地等待椿的話。

「八神同學你呀，剛才說我跟宇都宮同學在背後企圖讓綾小路學長退學，是吧？」

「對。之前那場考試，乍看之下只有寶泉同學和天澤同學參加，但我認為，椿同學你們也盯上了考試。」

「讓他退學的話，可以得到的報酬就是兩千萬點。任何人都會覺得很有魅力吧？」

「或許是吧，不過我不一樣。」

椿看著八神明確地否認，然後瞇起眼睛。

「不一樣？抱歉，我實在無法想像呢。你一臉人畜無害，其實卻很想讓綾小路學長退學吧？搞不好還比寶泉同學和天澤同學更強烈希望。」

「妳為什麼會這麼想？我至今什麼也沒做喔。」

「一看就會隱約明白了。我對自己的洞察力可是小有自信呢。」

八神沒有垮下笑容，不過表情明顯很僵硬。

「巧妙地假裝是夥伴地靠近他，再從背後偷襲。這種發展完全無法從平時的你身上想像出來……不過你就是在盤算著這點，不是嗎？」

八神看見椿專注在窺視他眼神深處的雙眼，不禁撇開了視線。

他感受到椿不是普通學生，也親身體會到她超乎自己的想像。

「妳……」

「不過，這件事先不談。現在的狀況有點不妙呢。」

「狀況很不妙……是嗎？」

「現在七瀨同學好像一直黏著綾小路學長。聽說還是得到本人允許才到處跟著一起行動。我姑且有在ＧＰＳ搜尋上確認過。他們兩個都在Ｃ３區，這不會有錯。」

「原來是這樣。意思就是說，寶泉同學正在虎視眈眈地準備下一招，對吧？」

「我們也必須趁早使出某些手段。假如寶泉同學讓綾小路學長退學的話，也就確定他會獲勝

了。可以的話，我希望你告訴我，你打算利用什麼方式讓他退學，讓我當作參考呢。」

「就說了，我什麼也……」

椿一副握有什麼確定的根據，靠向八神這邊。

「你要是不表現出合作的態度，會吃不少虧喔。」

「吃虧……？」

「重要的人會面臨危險之類的。」

「妳、妳該不會打算對櫛田學姊做什麼——！」

面無表情的椿聽見櫛田這個名字，才在此露出淺淺的笑容。

她理解八神已經跟櫛田有交集。

然後，還理解八神連更深入的狀況都發現了。

「櫛田學姊她怎麼了？」

「沒、沒有……不好意思，我無可奉告——唔！」

站在八神背後的宇都宮突然抓住他。

就算打算逃跑與抵抗，仍鬆不開這強而有力的拘束。

「你想做什麼……宇都宮同學？」

「抱歉啊，八神。我不討厭你……可是沒辦法。」

八神顯然已經察覺潛藏在宇都宮背後的人物是椿。

「我、我認為一年級的所有人都是夥伴。可不可以不要隨便起爭執呢？」

「老實地說出你握有的情報，或是在這個地方退出。二選一。」

聚集在這地方的只有核心人員，也無法求助。

「你——八神同學你啊，判斷櫛田學姊會是一塊讓綾小路學長退學的要素。這是為什麼呢？你打算怎麼利用她？」

「我不能說……」

他拒絕回答，宇都宮就加強了固定他雙臂的力道。

「不能說——就代表著果然有關係。你不打算從實招來嗎？」

「我——我只是對櫛田學姊……」

宇都宮暫時鬆開拘束，接著立刻把手臂環繞在八神的脖子上。

「啊咕！」

「反正不論如何都已成定局，八神同學。你不在這裡說出來，我也只需要直接問櫛田學姊。」

這並非單純的威脅，椿展現自己會轉而執行的堅定意志。

實際上利用宇都宮發起類似暴力威脅的行動，就是證據了。

「我問最後一次。說，還是不說？」

八神被迫選擇那個唯一的選項，只能做好覺悟。

「……知道了。我會把一切都說出來。」

八神垂著頭，開始說起櫛田桔梗的過去，以及關於知道這件事實的綾小路清隆的事。

等一切都說完時，高橋也回來了。結果寶泉到最後都沒有現身。

被揭穿的真面目

第七天的早晨到來了。我目前存到的分數一共是六十七分。

假設四人組參加課題的次數是零，光是把指定區域全弄到手，就有九十二分。如果只看這點，我的六十七分就是很艱辛的狀況，可是這場考試沒那麼天真。現階段，我的總排名是五十一，正在穩紮穩打地提昇排名。這隱隱地顯示不無視且不斷移動有多麼困難。

在考試開始時的食材跟水花光以前的三到四天，整體上約半數的組別都在全速戰鬥。從第五天左右會開始停滯，並且以港口為中心企圖重新整頓。可是，小組要恢復萬全的狀態很不容易。然後，無法徹底消除持續累積的壓力與疲勞，就要接著長距離移動的話，則無法避免受到精神傷害。因為必須設法阻止無視指定區域，所以應該也會出現利用某一個人踏進指定區域之類的手段。就算可以終止無視，也無法得到抵達順序報酬，只會止於抵達加分一分。

另一方面，我則是跟預計的一樣，順利保留自身的體力，維持著跟第一天相同的水準。

我要在之後的後半場比賽漸漸發揮出實力。

這個情況下，高圓寺始終不顯衰退，不斷地保持進攻。

他現階段維持在第二名，與第一名的南雲的分數差距是八分，確定是在他可以攻下的範圍內。

還有一件事，二年級裡的龍園、葛城組提昇了一個排名，拿下了第九名。

不過——我在河邊洗完臉，並且回頭看了後方的帳篷。

這幾天，跟我一起行動的七瀨總是起得很早。

但偏偏今天，她在快到六點五十分的這個時間都沒有現身。她是還在睡覺，還是身體狀況開始出現變化了呢？

連日嚴苛的移動，以及參加激烈的課題，應該讓她承受了相當大的負擔。

我用毛巾擦臉，回到帳篷附近，拿出平板。

七瀨聽見這些聲音，總算從帳篷裡現身了。

「……早安，綾小路學長。」

「嗯，早安。身體狀況還好嗎？」

「咦？啊，是的，完全沒問題。」

我以為她會表現出疲勞感，但我在她的言行中感覺不到遲鈍。

但她似乎睡得不好，眼睛下方有一點點黑眼圈。

「我剛才確認了排名。有一年級的小組從排名公布到今天都在奮戰耶。」

前十組中，三年級有六組，二年級有三組，而一年級只有一組。

現狀下，我們正在被最高年級展示著強大的力量。

「那個努力奮戰的組別，指的就是宇都宮同學和八神同學的小組，對吧？」

昨天是第七名，今天早上則是第六名，他們拿下了很高的名次。

「是啊。即使在一年級裡——是的，因為他們是特別精銳的組別。」

七瀨回答說是精銳，卻說得很含糊。那組的成員是一年A班的高橋修、一年B班的八神拓也和一年C班的宇都宮陸的男生三人組。

「我身為D班，在某方面無法坦率替他們的努力加油。」

「有道理，的確是這樣。」

若是這種情形的話，對一年D班來說，與其讓高橋他們進入前三名，其他年級能好好努力一番，才是值得慶幸的發展。

「話說回來，三年級果然很厲害呢。A班到D班都沒有缺漏地出現在前十名。」

這點我也很佩服。

現在三年級的組別已經增加到了六組。牽動這件事的，毫無疑問就是第一名的南雲組。

雖然他們挑戰過的課題數量也屬頂尖，但在那些考試上留下的成績中，第一名也是壓倒性的多。

彷彿在傳達「展現三年級的骨氣吧」這種氣魄。

「但綾小路學長也很厲害。明明是一個人，也在紮實地賺取分數。」

「話雖如此，要從這裡擠進前幾名也不輕鬆。到頭來，沒進入前三名還是得不到龐大的報酬。」

如果我只是避免退學，並得到前百分之五十的報酬，這樣收穫就會很少。應該也無法如願地償還向堀北借來的點數。

「雖然嘴上說不輕鬆，學長你卻不著急呢。」

「我在期待幸運的降臨。這時候組別退場的人開始變多也不奇怪。」

「……是啊。」

我們在彼此都沒話聊的時間點，幾乎同時仰望了天空。

天氣直到昨天為止的六天期間都很晴朗，可是今天開始有了巨大改變。

又灰又厚的雲層布滿天空，好像隨時都會降雨。根據我確認的天氣預報，是會在上午開始下雨，剩下時間大概是兩三個小時。

至少我沒有把點數撥給雨具相關用品。要是衣服或鞋子泡水，體力就會因為重量跟寒冷而被奪走。腳下泥濘的話，移動速度也會降低。

我無法從平板上得知前十組、後十組以外的小組詳情。

單獨行動的堀北應該沒問題。自從這場考試開始時的交談之後，目前我們沒有碰過面。要是她受傷或搞垮身體，會一次就出局。

總之，我想要先在天氣變壞之前，拿下第一次的指定區域。

我們整裝完畢，收到早上七點的區域指定，並且開始移動。

早上的第一次指定區域讓人慶幸的是Ｃ３，地點很近。

如果從這裡過去，應該不用多久的時間。

我在打算關上平板這時，注意到有訊息傳來。

我記得校方說過可能會主動聯絡所有學生。

『視天氣狀況，基本移動與課題可能暫時停止。請定期確認平板電腦。』

看來校方也會被迫對這個天氣做出判斷。

對於後段的學生們來說，失去獲得分數的機會有可能左右命運。

雖然感覺在最後一刻到來之前會照常舉行，但就先把這件事記在腦中的一隅吧。

「好，走吧。」

我走了幾步路，發現七瀨沒有跟過來。回過頭後，只見她呆呆地站在原地，好像連我邁步走出都沒有察覺。

「七瀨？」

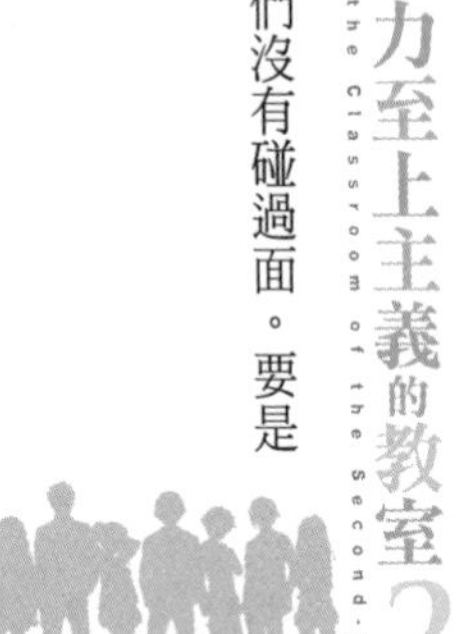

我叫她的名字，她才發現自己晚了一步出發。

「不好意思，我現在就過去！」

她向我道歉，連忙追趕過來。

如果身體狀況沒問題，那就是精神層面的問題了。

昨天到今天明顯產生了變化，只有這點很確定。

她跟我的互動上應該沒有特別的變化。

話雖如此，我也很難想像她有跟第三者互動……

1

我得到抵達順序報酬的第一名，等待附近的課題出現，但或許是考慮到天氣，課題出現的數量比昨天更少，因此沒有地方可以參加。

結果，我悠閒地打發了剩下大約一小時半的時間。

接著迎接上午九點，今天的第二次移動是隨機指定，新的區域是Ｅ２。

想到是隨機指定，這可以說是選到相當近的地區。

我非常希望可以拿下……

「接下來的移動，需要稍微思考一下呢。」

「是啊。」

假如要以最短距離前往目的地，翻過D2、D3的山脈會比較快。

如果狀態跟昨天之前一樣，我就會毫不猶豫地選擇這條路徑。

可是，勉強撐到現在的天氣也差不多要到達臨界點。

一旦開始降雨，通常可以行經的道路也會變得很難走。

「要怎麼做呢？」

「我想想……繞路前往E2會比較保險吧。」

萬一開始下雨，我判斷很危險的話，也可以輕易在半路上放棄。

「這點我明白。視接下來的天氣而定，也會變得無法隨心所欲地走動。」

雖然七瀨表示明白，但表情並不認同。

「就我的立場來說，我會希望越過這些山。」

「開始下雨的話，立足點會突然垮掉。這樣相當危險喔。」

也無法咬定絕無滑落的危險。

「我認為大部分競爭對手都會預想天氣，並且選擇繞遠路。但正因如此，不是現在才更應該

累積第一名的分數嗎？我們在開始下雨之前走完吧。」

這幾天她從來沒有對我的決定提出不滿。

她身為一個提議同行的人，這就像是最起碼的禮儀。

當然，七瀨應該是清楚這點才開口。

我不認為這純粹是想扭曲我的意見而說出口的話。

「要是我沒有選擇越過山脈，妳會怎麼做？」

我為了確認這點，決定丟出這個疑問。

她顯得有點猶豫該不該回答，但她馬上直直地望著我。

「……如果是這樣，我要自己一個人挑戰越過那些山脈。」

「沒效率也該有限度。寶泉和天澤不一定會過來Ｅ２。」

就算七瀨以最快的速度抵達指定區域，也完全不保證她可以獲得抵達順序報酬。

即使在變天之前爬完山，只要組別的另外兩人沒有在類似時機抵達，就沒有任何價值。為何她偏偏這次，會近乎無意義地執著於翻山越嶺呢？

就我的立場來說，讓她走也無所謂，但女生要一個人越過這些山相當危險。

我並不會有責任，但還是希望至少把她送到安全的地方。

而且，我還沒有釐清七瀨要求一起行動的理由。

如果選擇在這裡道別，之後應該就不會知道答案了。

「知道了，如果妳有這份覺悟，那我也陪妳爬山。」

「謝謝。」

看見七瀨這麼回答的表情，我知道了一件事。

就是七瀨很確定我會陪她爬山。

「既然路線確定了，就要立刻行動。」

如果抱著必死的決心越過山，結果只得到一分的話，那就笑不出來了。

我暫時往東走，在踏入坡度險峻的道路時，風開始變得很強。

天色也轉為深灰色，何時開始下雨都不奇怪。

我在平板上確認位置，得知ＧＰＳ上顯示不久後就會抵達Ｄ３。

雖然我很希望天氣可以撐到我們抵達指定區域為止——

身後傳來七瀨有點加快的呼吸聲。

今天還沒有經過特別困難的路線。她也太早開始喘了。

是因為前幾天疲勞累積的影響嗎？

假如身體不適的話，在這裡搭帳篷等待雲雨散去才是明智的選擇。萬一感冒的話，手錶就會把可以知道症狀的資料傳給校方。

我不被她發現地偷偷放慢了一點速度。打算要是七瀨發出一點聲音，就要在那時停下腳步，但她的確也不是會輕易喊累的人。如果步調降得比現在還要慢，我就只能強制阻止她了。

我默默地在斜坡上踏穩腳步，一步一步往前走。氣溫驟降，濕度似乎也升高了。我跟七瀨穿的都是極為普通的跑鞋。就算說客套話，也很難說適合走這種路。實際上，七瀨的速度確實越走越慢。下決定的時刻快到了。我暫時停下腳步。

「那個……我還——！」

「背包借我。」

「咦？」

「繼續揹著行李會無法維持現在的速度。」

「怎麼行……我不能讓學長拿！」

「能維持步調的人才有資格說這種話。這樣下去，連我都必須放棄順序得分。既然這樣，我拿行李，讓妳走快一點會比較好。」

我的意思是要她選擇面子還是結果。

七瀨被這麼說，不可能有權利拒絕。

「可是行李的重量不輕。就算是你，我想也會很辛苦。」

「我拿了之後再想這件事。」

「……知道了。」

七瀨勉強聽話，並取下身後的背包。然後很抱歉地雙手交給我。雖然內容物大概不同，但這個背包的重量跟我的差不多。

這樣就算以一開始的速度行走，應該也不會不方便。

通常會用腰支撐減輕負擔，但這個狀況下沒辦法。

我雙手抱著背包，再次走出去。

「真、真的沒問題嗎？」

「與其說話，倒不如先走路。」

七瀨聽進我的忠告，緊緊地閉上嘴。

大約緊緊跟在我身後兩公尺處，她開始走起路。

2

周圍越來越昏暗，視野也開始變得很差。

風越來越大，時而颳起猛烈的強風。

在惡劣條件交疊的情況下，好消息大概就是幾乎快爬完斜坡了。

接著只要前進並走下有點平坦的路就好。

雖然下坡時當然必須注意避免腳步不穩，所以也無法大意。

「到這邊就可以了。行李……讓我拿。」

「妳真的沒問題嗎？我希望避免來來回回傳行李而損失時間。」

「對，沒問題。謝謝你幫忙我。」

她確認過自己的狀態並回答沒問題，我便將行李還給她。

七瀨雙手抱住行李後，沒有揹上背包，而是盯著我看。

「可以開始走了嗎？」

她聽見我這麼說，也不打算做任何回答。這不是希望盡快前往目的地會做出的舉止。

「綾小路學長，我有事想要告訴你。」

「妳今天從早上開始，就一直是若有所思的表情。」

不對，正確來說，她從要求一起行動開始，好像就希望了解什麼事。

「果然……穿幫了嗎？」

七瀨並沒有非常驚訝，而是老實地對我點頭。

「我這幾天一直跟在你身旁是有理由的。」

七瀨就這樣停下腳步，開始解釋理由。

擺明不單純是因為行程表相同。

意思就是她終於願意告訴我答案了吧。

「但在這之前，請讓我為一件事道歉。」

七瀨轉過身，把背包靠在旁邊的大樹。

「今天，學長是不會抵達下一個指定區域Ｅ２的。」

「妳說這些話還真奇怪。我們不是正在趕著前往那裡嗎？」

「我會想翻過這座山，是為了把學長引導到這個地方。」

換句話說，七瀨的目的地不是指定區域Ｅ２，而是這個Ｄ３的北部。

「這個區域裡搞不好就只有我們吧。」

「是啊，我也這麼認為。」

七瀨離開行李，回到我這邊。

「把今天算在內，這六天你讓我在旁觀察到許多事。學長在這所學校裡交到許多朋友，博得許多信任，雖然很緩慢，但也確實地發揮著實力。」

七瀨回顧前半段無人島生活似的，說起了總結。

「我想對你有時候展現出的強大觀察力與身體能力表示敬意。」

「我不記得自己有做出什麼特別的事。」

「既然這樣，不就更厲害了嗎？」

雖然七瀨讚不絕口，可是表情裡不帶任何笑意。

「不過，綾小路學長。你不是該存在這間學校裡的人。」

這時氣氛改變了。氛圍明顯跟之前沉穩的七瀨不一樣。

「不該存在？告訴我理由是什麼吧。」

七瀨點頭並慢慢地站起，往我這裡回過頭。

「因為你是White Room的人。」

如今，旁人口中終於出現了「White Room」這個詞。

知道這個詞彙的人極為有限。

通常甚至在這個階段，就可以斷定對方就是月城送來的刺客。

「我想你也明白了，我是受到月城代理理事長的命令入學這所學校的。命令的內容——就是要讓綾小路學長退學。」

她大膽地道出一切，難以想像至今都在檯面下行動。

「這幾天任何地方都能動手，妳為什麼刻意挑了這個地方？除了避人耳目之外，還有其他理由吧？」

「我會在這裡打敗綾小路學長讓你受傷，並讓警報鈴運作。然後被抵達的老師命令退場，接著退學──過程會是這樣。」

「意思是和對付小宮他們一樣的手法。那兩個人退出考試，該不會也是妳下的手？」

「誰知道……你怎麼想呢？」

「我實在難以想像可以在那麼短的時間內往返，可是若要斷言White Room的學生就辦得到，那我似乎會失去信心呢。」

再說，現在這些事都不重要。

「就算我被妳打敗，我把這些事告訴趕過來的教職人員，妳會怎麼樣？」

「我想你無法辯解。因為來到這裡的一定會是月城代理理事長。」

這樣就沒有解釋的餘地了。不管我說什麼，月城都會站在七瀨那邊。

「原來如此啊。也就是說，我在這裡輸掉就等於退學吧。」

我慢慢卸下揹著的背包。

接著隨意放在一棵樹旁邊，重新面對七瀨。

「既然月城代理理事長相信妳能打敗我才派妳過來，那就難免會是一場辛苦的戰鬥。話雖如此，如果我對女生出手，也算是很嚴重的問題。」

應該不可能會像小朋友那樣可愛的打鬧就解決。

如果演變成互毆，即使只有這樣，也算是相應的懲罰對象。

沒有任何保證月城不會強行懲罰兩邊都退場，並下達退學的決定。

平手會算是我的敗北。

「如果學長有可以採取的手段，就只有丟下行李逃跑。」

「說得也是。」

「雖然我認為那也是白費力氣。」

沒有平板或帳篷，要在無人島繼續考試就是自殺行為。

從七瀨來看，我做什麼選擇，她都能應對。

「你要怎麼做呢？」

「既然變成這樣，我能在這裡做的選擇——只有一個。」

我面對七瀨，堅定了戰鬥的意志。

「意思就是你要跟我戰鬥並且打敗我呢。但是，你說這樣就能如你的願嗎？或許你會覺得卑鄙，但我輸掉的話，綾小路學長也就輸了。」

「可能吧。」

交談的期間，我露出她隨時都可以輕易進攻的破綻。

可是，七瀨很警戒我明顯表現的破綻，沒有立刻撲過來。

她不是會以冒失方法戰鬥的人，而是踏實地把對手逼入絕境的正統派。

不順著對方的步調是正確的選擇。

「我要上了。」

特地說出來，也是她不擅長鑽漏洞的證明。

當然，有可能連這個都是假的。

地面很柔軟，正因如此，好像可以完成基礎支撐的任務。

「喝！」

七瀨蹬著土面，一口氣縮短距離。

是以手臂為主，還是以腳為主呢？

還是兩者皆是？

通常的話，是要從弄清楚七瀨的戰鬥方式開始。

要是我隨便打回去，七瀨有可能受重傷。

剛才也說過，這對我只有不利。

既然這樣，我接著就想到強行壓制並拘束她的辦法。

七瀨的腦中應該也有想到這種情況。

不過——這也不是明智的選擇。

就算只有七瀨的證言很無力，但今天我一直覺得後方有人的氣息。

很明顯有人跟我們保持一定的距離，同時窺視著這邊的情況。

假如是戰鬥的援軍，我可以先看成對方的職責是負責在平板上錄下決定性的證據。

所以，我在這裡唯一能做的選擇——

七瀨往左邊做出假動作，然後對我直直地伸出手。

她的手不是握拳，而是柔軟張開的掌。第一招是抓技。

看透這點後，我晚了點的起始動作超越七瀨伸出手臂的速度。

我的手臂交叉似的追上七瀨的手臂來到她的眼前。

我緊握的拳頭在七瀨眼前停下，只要再一公分就碰得到她了。

「唔！」

她的動態視覺比常人優秀，因此身體會下意識地因為迎面的衝擊而僵住。

「首先是一擊。」

假如我認真要擊敗她，剛才那一擊就會徹底分出結果。

七瀨只會瞬間失去意識，並當場倒下。

「妳是因為疲勞嗎？還是猶豫？妳的潛力應該更高吧，七瀨？」

這幾天七瀨一路表現出的動作，遠比這些都更俐落。

她認真狩獵我的決心很不堅定。

「你的意思是，你不用急著反擊也能打敗我……？」

我沒回答，並收起拳頭。同時，七瀨暫且退後了兩公尺左右，接著再次蹬地。這次比剛才稍微快了一點。目的是為了壓低重心打擊。這次她左手用力地握拳。

我在前一刻輕鬆閃開，這回瞄準七瀨的臉頰揮拳。

當然就跟剛才一樣，都留下大約一公分的距離。

「這樣就是第二擊了。如果下次也是直接攻擊到，妳就出局了呢。」

「可是，你沒有直接攻擊到我。」

她看見停在眼前的拳頭，也沒有怯色。

「的確如此。」

「要表示自己占優勢是你的自由，但你不反擊的話，就沒有勝算。」

「即使反擊也沒有勝算吧？」

「是啊。那麼，你會怎麼做呢？」

七瀨似乎還沒拿出真本事。

她觀察我的態度，保留餘力閃躲的同時進攻。

「還在思考中。」

「希望你可以在平安站著的期間想出答案。」

我右手臂的拳頭就這樣停在七瀨眼前。

七瀨採取動作抓住我的那隻手臂。七瀨在此才認真起來。她好像打算直接把我壓倒在地，不過我把力量往自己這邊拉。

「動不了──！」

動搖轉為焦躁，向七瀨席捲而去。

體術會有性別和體格上的差異，但這是能以柔克剛的出色技術。

不過，也只限於剛不敵柔的狀況。

七瀨無處可去的力量分散開來，我趁機往上揮拳。左上勾拳在距離她的下巴一公分之處劃破空氣，令七瀨的頭髮飄向空中。

「唔！」

她睜大的雙眼看見拳頭，然後看了我。

「我姑且提一下。這樣就是第三下。」

七瀨看著我的眼神第一次有了動搖。

「你好像擁有跟傳聞中一樣的實力呢，綾小路學長……」

我現在連反擊都不被允許。唯一能採用的手段就是「讓七瀨的心屈服，不傷害她」。

在於讓她認清我是她絕對贏不了的對手。

「我知道學長的目的了……」

七瀨好像也明白了我的目的。

「就這樣普通地戰鬥下去，你好像也不是我能贏過的對手。這點我承認。」

她的內心已經屈服了……？不對，這不可能。

她看著我的眼神帶有明確的熱度，以及憎恨。

「憑『我』——大概贏不了吧。」

七瀨目前都被我玩弄於股掌之間，但她表現出的些微焦急感漸漸消退。不對，是她原有的氛圍開始變了。是打算做精神層面上的整理嗎？

七瀨在短暫沉默後無聲地蹬地，在此使出高速的一擊。

我沒有餘力冷靜觀察狀況，被迫緊急迴避。面對比剛才快了兩倍的動作，我沒辦法像之前那樣充分保持可以迴避的距離。

她掛著彷彿要射殺人的銳利眼神直盯著我。

情況的轉變實在是判若兩人。要是直接吃下一記，我也會受到相應的損傷。這個場面是柔可能成功制伏剛的狀況。

俐落度跟剛才就是如此的不同。

「由『本人』在這裡阻止你。」

「我」與「本人」。

動作不可能只是因為第一人稱的變化就改變。攻擊水準就是差這麼多。

「妳是誰？」

我看見這個狀況，不得不這麼反問。

「本人是為了阻止你，從那個地方回到這裡的。」

那個地方？我有瞬間以為是White Room，但並不是這樣。

「我是從那個黑暗的地方……回到這裡的。」

我無法理解她到底在說什麼，可是也無法大意輕敵。

自稱「本人」的七瀨，從以柔術為主的攻擊換到空手道。她使出高速的一擊，如果被直接擊中，這股威力或許即使是男人都會痛暈。

我冷靜地妥善應對這些攻擊，同時反覆思考第一人稱變化的謎團。

「你有辦法一直躲下去嗎！」

要是攻擊拖到十或二十次的話，遲早都會命中。
七瀨的心中一定抱有某種把握，才拋下迷惘連續攻擊。
她認為我不可能無限地閃避。
所以為了保護自己，除了轉而反擊，別無他法。
「喝、喝——！」
七瀨不停地猛攻，呼吸逐漸急促起來。
高速的打擊當然不可能一直持續下去。
即使如此，只要不被反擊，隨時都能讓體力恢復。
「呼，唔……」
就跟我想得一樣，呼吸加快的七瀨與我保持距離，調整呼吸。
「一定……一定會打敗你……一定會打敗你……」
她喃喃誦經似的說，對我投以簡直是看殺人凶手的眼神。
「本人、本人是為了打敗你而回來的……」
「回來？妳在說什麼？」
我無法理解七瀨在不久前開始說的這些話。
「這也難怪。因為本人沒有直接見過你。」

如果沒見過面，我就更無法理解這股仇恨了。

如果White Room的學生恨我，就算互不認識，我也想像得出來。

可是，七瀨真的是White Room的學生嗎？

聲調也跟平常相處的七瀨有點不一樣。

簡直就像外表維持女人，但內心變成男人。

「不反擊的話就隨你高興。本人只需要在打敗你之前反覆攻擊——」

恢復時間不到二十秒，但這段時間要再次讓身手變回俐落，似乎綽綽有餘。

「喝！」

七瀨好像因為憎恨的情緒而越來越振奮，這是今天最高速的一擊。

白皙纖細的手逼近我的眼前，她的拳頭稍微掠過了我的瀏海。

外表是七瀨，但內心跟某人替換了嗎？

我從這裡想到一種狀況。

多重人格——正式名稱為解離性身分疾患。

簡單來說，指的就是內心存在兩個以上的人格的狀態。

假如七瀨有解離性身分疾患，就很容易解釋這狀況了。

這種疾患，不單純是人格會有變化。聽說也有罕見的案例，是其中一個人格患有宿疾，但換成其他人格就會暫時失去該疾病。

換句話說，七瀨心裡的另一個人格「本人」，也極可能擁有比原本的七瀨更優異的身體能力。

人格是男人的話，也可能發揮跟男人一樣的力量。

「妳似乎不是七瀨。」

我插話後，七瀨就煩躁地停下腳步。

「你還是不懂嗎？」

她的聲音與拳頭顫抖，對我擊拳然後瞪了過來。

「本人不是七瀨。現在站在這裡的人……是松雄榮一郎。」

「松雄榮一郎？」

至少我聽過這個姓氏。這個記憶也不算久遠。是那個男人出現在高度育成高中時告訴我的。

我可以從這裡推測到一些事。

「本人是被你父親殺害的男人的兒子。」

我表示無法理解，他就焦急地說：

「這副身體是本人借來的，現在出現在你眼前是為了打敗你。」

「借來的？這話真有趣耶。」

現實中其他人物的人格附到別人身上，這種事是不可能的。

「你要覺得是在開玩笑，就隨你高興。」

七瀨因為衝動而雙手顫抖——同時再次蹬地。

之前符合形式且正統的攻擊方式，漸漸地變得很粗糙，轉為只靠蠻力的攻擊。

「本人是為了打敗你才會在這裡……才會在這裡！」

七瀨原本都是展現柔軟動作，現在則變得很粗暴。

雖然有些地方很多餘，但還是以敏捷的動作打算壓制我。

不管正統還是什麼都好，只要打中的話都一樣——應該就是這樣。

「本人要你嚐到報應！」

即使變得更俐落，我也不會輕易吃下攻擊。七瀨現在應該非常清楚這點了。雖然故作平靜，但沒有退路的不是我，而是七瀨。

她每隔一段時間就會停下恢復體力，可是看見她的肩膀上下起伏，她明顯快要到達極限了。

不過，就算等待她到達極限也沒意義。七瀨大概不會收手，而是會不停挑戰我吧。我必須讓她的內心屈服。

「本人的攻擊還是第一次被閃成這樣……但這種事絕對不會永遠持續下去。如果是本人——如果是本人的攻擊，一定可以打敗你……一定可以！」

七瀨在精神上一點一點地遭受打擊，但依然打算露出敵意咬上來。

「我很了解妳想說的話了。」

雖然不清楚細節，但我也釐清了一些事。

我想了一下，整理完自己身處的情況。

「七瀨，妳不是多重人格，別人的人格也沒有附身到妳身上。」

「本人說過了吧？如果你認為是開玩笑，那隨你高興。本人就存在這裡。」

她否定我似的加強語氣，用力踏地。

可是，這也正是不存在附身的證明。

「不，很遺憾，這讓人很難相信呢。如果妳並非他人，而是自身的其他人格，那或許我退個百步還能相信。但妳卻說是真實存在的『松雄榮一郎』附身。抱歉，這實在太不實際了。」

「既然如此……既然如此，你要怎麼解釋本人的存在！」

什麼既然如此，根本不需要想得很複雜。

「妳只是在心裡強行創造出另一個人格。刻意分別使用『我』和『本人』，也是為了說給自己聽。」

七瀨基本上不是個暴力的人。

正因如此，她不希望做出靠暴力使對手屈服的行為。

如果還是必須戰鬥的話，就只能創造出可以戰鬥的人格。

不對，說得更極端一點，是必須「表演」。

「這股力量，就是本人是自己的最大證明！」

她擊出的拳頭，速度與威力確實正在增加。

「妳只是在原有的實力範圍，展現其中的變化幅度。」

我一針見血地指出，七瀨蒼白的臉龐就顯現出動搖。

「不、不對！本人——本人是松雄！」

「假如妳真的是那個松雄，聽見這件事根本就不用動搖。」

她只要光明正大地身為松雄，對猜錯的推理嗤之以鼻。

「就算妳顧自己的方便改變自稱，也會有一種突兀感。這純粹是自我暗示的一種。」

只是把「本人」當作觸發媒介，讓她變成攻擊性的自己。

「不對！」

「妳很想相信松雄的人格附在自己身上……不對，妳甚至根本沒有相信。」

她拚命地自我暗示，但沒有完全成功。

「唔哇啊啊啊啊啊啊！」

七瀨好像無法忍受繼續聽我說話，於是撲了過來。

已經沒有剛才的俐落感，是我閉著眼也閃得掉的水準。

「放棄吧，七瀨。妳贏不了我。」

「本人贏得了！必須贏！」

她伸過來的手臂抓住了我的衣襟。

七瀨判斷這是千載難逢的機會，而高舉手臂。

這完全在她攻擊範圍內。通常也能說是絕對無法避開的位置。

我就這樣被抓著衣襟，閃過她打算擊碎我的臉部而揮出的右手臂。

「唔！」

隨後又揮來一拳。不過我也同樣避開了。

「為什麼！為什麼打不到！打不到！」

三次、四次、五次——我避開了所有攻擊。

七瀨因為打不到而不耐煩，並強行抓住我的頭髮。

她大概是判斷只要按住頭，就能確實地打到我。

我抓住她的右手。

「放、放開！」

「就算放開，狀況也不會有任何改變喔。」

「放開！」

她硬是扒開我的手臂，再次重複無謂的行為。

已經忘了是第幾次擊出的拳頭，又再度揮空。

「呼、呼、呼……！」

心靈隨著體力一同迎接了極限。

「為什麼、為什麼……明明就差一點……明明……就差一點！」

七瀨已經連撲過來的決心都沒有了。

顫抖的膝蓋設法往前，可是身體已經拒絕戰鬥。

「只要反覆攻擊，總有一天會命中——妳這樣想就是最根本的錯誤。憑妳這種程度的實力，就算到死都重複攻擊，也不可能命中我任何一次。」

這當然是虛張聲勢。

我不可能永遠都一直避開攻擊。

不過，七瀨被我提出連一次都沒打到的現實，這句話對她來說很有影響力。

「假如妳真的要讓我退學，現在在這裡假裝被襲擊的受害者會是最好的。要是衣衫不整的話，我光是這樣就會被逼入窘境了吧。」

這個行為是向敵人雪中送炭，但七瀨並不會做那種事。

因為我不認為她打從心底想讓我退學。

「本人……本人是……！」

七瀨喊著，並當場跪倒在地上。

就算想表示出鬥志，只要內心屈服的話就會喪失戰意。

3

我在迴盪著風聲的森林中拚命地追蹤那兩人。

我在今天早上抵達這個D3之前，不知道花了多大的力氣……

應該再一下就看得到了——我這麼告訴自己，一步一步邁出顫抖著的雙腳。

假如跟蹤的事情露出馬腳，至今的努力就會失去所有的意義。

如果要尾隨對方的話，原本為了不跟丟，會需要在最低限度看見對方的身影。

這當然代表著對方也會看見我。尾隨會伴隨風險。

但不論對方是什麼人，我的跟蹤都絕對不會曝光。

那是因為，我沒有親眼看見目標人物——綾小路的背影。

關鍵就在於放在運動服口袋裡的無線對講機。

這支跟某人連結的對講機，會幫我持續鎖定對方的位置。

第六天起開放給所有學生的權限——消耗得分進行ＧＰＳ搜尋。

只要有了這個，就可以粗略地知道對方的位置。

不論使用什麼手段，我都必須設法得手。

緊急時，即使要消耗自己平板上的得分，我也要把他逼到絕境。

決定性的證據。

我必須想辦法拿到足以讓綾小路退學的資訊。

我已經沒有退路了。我應該優先打敗的，根本不是什麼堀北。

我明明隱約感受到這點，卻還是抱持有點否定的態度看待。我對此非常慚愧。

仔細一想，我應該在龍園停止尋找Ｄ班的Ｘ的那件事就去懷疑的。

一連串的過程，綾小路同學都有牽涉其中。就算我理解，有些地方還是難以相信。因為他乍看之下就是隨處可見且人畜無害的樸素男人。

放在口袋中的對講機傳來聯絡。由於聲音是透過耳機直接傳到我耳裡，所以我可以不用停下腳步地聆聽對講機。

『稍微停一下，櫛田學姊。前面的兩個人好像停下腳步了。』

「呼、呼……唔，終於嗎？意思是終於休息了……」

我聽見這項指示，放心地停下腳步。這樣就可以休息一下了。

『我想妳應該很累，但是再撐一下。決定性的瞬間很快就會到來。這樣就沒有任何事情會束縛妳了吧。』

我沒按發話鍵，應該聽不見這邊的聲音，他卻說出簡直完全理解我狀況似的發言。

如今做出像馬兒面前吊著一根紅蘿蔔般的行為，也只會讓我更煩躁。

我可是不惜扛著巨大風險，整天持續危險的單獨行動。

「我知道、我知道啦……」

明明很多地方必須在事後串通好……

我以大約五分鐘的短暫休息慰勞身體後，對講機傳來了指示。

『沒有動作了。看來完全停下腳步了。請在西北方屏息藏身，別忘了在平板上錄影。』

雖然逐一仔細說明的語氣讓人煩躁，但現在我只想盡快結束一切。

我壓抑想要跑起來的衝動，把從背包取出的平板拿在手上，並往他指示的方位走過去。於是，就在視野的前方看見他們小小的身影。

止住腳步的七瀨回頭在和綾小路說些什麼。

兩人都沒有揹著背包，果然是在休息吧。

我從平板打開相機程式，切換至錄影模式。

可是儘管我用樹林藏身，同時靠近到應該不會穿幫的最近距離，但風聲也很吵雜，我專心地側耳傾聽，也沒辦法順利聽見。

我全身奔流著不耐煩的情緒。

快點——快點互毆吧。這種情緒讓我的焦躁感沸騰。

要是可以聽見對話，說不定就能知道更詳細的狀況，但接近很危險。

如果從現在的位置移動，我也可能會進入回過頭的七瀨的視野中。

我暫時鎮定自己急切的心情。雖然有點危險，我也只能冷靜地繞過去。

我潛藏著氣息，開始安靜地移動。

總之，我要暫時保持距離繞一圈過去——

「唔！」

這時，應該沒有任何人在的身後，突然有人抓住我的右肩，我差點就發出聲音。

那隻不知是什麼人的手，立刻堵住我的嘴。

腦袋因為不預期的事件而陷入恐慌。

具有光澤的嘴唇靠近了我的耳邊。

「噓——！妳或許會很驚訝，不過保持安靜。要是被綾小路學長和小七瀨發現的話，妳應該會非～常傷腦筋吧？」

這些聲音就像是識破了我的內心。對我搭話的是一年A班的天澤一夏。我們還沒交談過。這幾乎可以說算是初次見面。

但天澤確實地知道我的名字。

我幾乎是被迫跟綾小路他們拉開距離，接著在此被解除拘束。

「呃……為什麼天澤同學妳會在這種地方呢？」

我設法冷靜地應付天澤，而開始對話。

假如這段期間他們開始互毆的話，一切就會化為烏有。我的焦躁持續累積。

即使如此，我也不能失去冷靜。

「我是偶然經過，然後發現櫛田學姊偷偷摸摸的模樣。」

「我沒有偷偷摸摸的呀。只是……對，這算是在自己稍微散個步。」

我很清楚這個藉口很牽強。我甚至離開小組，單獨行動。

這不管在任何人眼中很明顯都是奇怪的狀況。

再說，天澤還說出「被綾小路和七瀨發現就糟了」這句話。

她知道我這邊的某些事也不足為奇。

因為根據那傢伙說的話，已經有一部分一年級知道我的事情。

「哦～？」

天澤眼神有點懷疑地靠近我。話雖如此，這個叫做天澤的女人，別說是背包，就連平板都沒帶，她怎麼會在這種地方——

啪！

森林裡響起冰冷的聲音。聲音當然被強風蓋了過去。

我本來在思考，右臉頰卻在這個聲音之後感受到尖銳的疼痛，於是用手按住。

「什、什麼！」

「妳自己來到這種深山裡沿路到處調查，是打算做什麼呢？」

「什、什麼意思？天澤同學，妳在說什麼！」

「妳那張面具能一直戴到什麼時候，還真讓人期待耶～」

我假裝自己對於突然被打感到恐懼。她再次拉近距離。

「住、住手！」

「我才不要～」

她這樣說完，就再次舉起左手。

我立刻擺出護身姿勢，天澤還是強行鑽了進來。

啪！

這次她是用力甩了另一側臉頰巴掌。

我以為自己算是防下了，可是跟不上她的速度。

「妳、妳知道自己在做什麼嗎？不可以做這種事！」

「別看我這樣，我的巴掌可是打得很溫柔呢。不痛不痛。」

「為什麼？我不懂妳的意思！」

「不懂？這樣呀？那我用拳頭揍個一拳，妳就會了解了嗎——？」

「咦？」

揍個一拳——當我在腦中處理這句話時，視野就軟綿綿地歪斜了。

後來才聽見了臉頰被揍的聲音。自己不知從何時開始，就在仰望烏雲密布的天空。

啊，我剛才被揍了……？

簡直像是緩慢溢出溫暖的血液。

臉頰發燙，接著開始伴隨疼痛。

「唔，啊……！」

「剛才有點痛吧~？一般人通常不會體驗到被人揍呢。」

腦筋轉不過來。為什麼這傢伙突然冒出來糾纏我呢？

而且居然施暴，我越來越搞不懂了。

「那麼，接下來就換打另一邊看看吧？」

天澤這樣說完，往我靠近。

我現在只知道這不是單純的玩笑話。

我死也不要繼續無意義地被揍。

我認真地揮掉她伸過來的手。

「啊，抱、抱歉呀，可是突然被妳打，我下意識地就……」

「妳還要裝乖呀？我非～常了解櫛田學姊的事情喲。妳就是個性上深信自己很可愛的大醜女。最喜歡別人的祕密。要是自己陷入窘境，就會把周圍捲進去同歸於盡。真的是不得了的地雷女呢。」

「我不太懂妳的意思呢，天澤同學……可是，只有暴力是絕對不能做的……好嗎？」

「那妳要向校方哭訴自己被施暴嗎？這麼或許能把我逼到退學。可是，是會留下餞別禮的喲。我會把妳打算隱瞞到底的國中黑歷史全部抖出來，奪走妳的容身之處。」

「為什麼——」

天澤雙手空空突然出現……這不是單純的偶然，有某些地方很奇怪。

「妳怎麼會知道那個祕密？是從綾小路學長那裡聽說的嗎——妳一臉這種表情呢。」

她帶著看透一切的眼神看我。

「猜錯嘍。因為我是個特別的存在，什麼事都能看透喲。」

「什麼事都……」

「例如說呀，我想想。妳打算討好南雲學生會長，卻吃了閉門羹。不過就算進行得很順利，既然堀北學姊加入了學生會，櫛田學姊也沒辦法期待他當作靠山。」

「為什麼……為什麼妳連那種事──」

「為什麼呢──？」

面對天澤露出在玩玩具的笑容，我的忍耐到達了極限。

「妳……妳是聽誰說的！」

「總算露出真面目了呀？可是，噓～要安靜喲。雖然目前沒有任何人在這裡，就算是一座廣大的無人島，也不知道什麼時候會有人過來喲。」

天澤輕戳我的鼻尖，這樣溫柔地忠告我。

那種瞧不起人的態度，對我而言是最大的侮辱。

這些是我無法控制打從心底湧出的聲音。

「臭女人，住手！」

要是只認識櫛田桔梗這個人的表面，光是這樣應該都會吃驚。

天澤見狀並不驚訝，倒不如說，她還開心地笑出來。

「啊哈哈哈哈！嗯嗯，這種態度比較適合妳喲，櫛田學姊！」

果然——這傢伙果然知道我的事。

而且遠比綾小路那種人更加、更加了解……

「妳要幹嘛，到底要幹什麼！」

「就算妳問我要幹嘛，我也只是……嗯，我只是來救綾小路學長的。」

「救？啥？」

「別打迷糊仗喲，櫛田學姊。因為妳在盤算什麼，我全部都看穿了。妳打算利用掉在那裡的平板抓住綾小路學長的把柄，並且讓他退學吧？」

「我不懂妳的意思。用平板抓住把柄？什麼？」

不行。這個女生看穿一切了……我知道我的抵抗沒有任何意義。即使如此，我也只能不承認事實地抵抗。

「明明待在同個班級超過一年，妳卻一點也不懂耶，櫛田學姊。憑那種程度的膚淺知識，不可能把綾小路學長逼入絕境。」

天澤望向綾小路他們大概在的方位。

「唉——其實我本來打算在特等席看的啦。綾小路學長一定會不傷害小七瀨地打敗她。真想看呀～」

天澤一邊碎唸，一邊重新面向我。

「雖然我不知道妳是受誰之託，但櫛田學姊被人利用了喲。不論是處在什麼惡劣的條件下，綾小路學長一定都會看穿櫛田學姊的尾隨。櫛田學姊根本是外行人，他怎麼可能會沒發現？」

「可、可是，我有保持足夠的距離……！」

「咦？保持足夠的距離？嗯嗯？妳承認自己是在尾隨啦？」

「這、這……我、我只是，因為他們的氣氛很奇怪……」

「因為好奇心而忍不住跟過來？一個人在這種嚴峻的山路嗎？」

就別再找藉口了——我心裡這樣想，但就是會有忍不住找退路的壞習慣。不把眼前的對手當作強敵面對是不行的。

「這跟妳無關吧？」

「嗯嗯，我覺得妳將錯就錯會比較好。不過呀，這跟我大有關係喲。誰教綾小路學長對我來說是很特別的人。」

「啥？這算什麼……意思是妳喜歡他？」

「真希望妳別在低俗的次元上談論這件事耶。或許不是喜歡，而是愛……？不對，應該是更加、更加超越愛情吧……那是超越愛情的情感。」

「啥？」

「所以說呀，我也讓妳嚐了不少教訓，妳就乖乖地下山，回到小組身邊吧。天氣很快就要變糟了，要折返就只能趁現在了喲。」

「……別開玩笑了。」

我抓起濕潤的土，砸向天澤的身體，當作拒絕的信號。

「就算是賭一口氣，我也要抓住綾小路的把柄，讓他退學……！」

「妳就算讓綾小路學長一個人退學，也已經無法解決這個狀況嘍。妳懂吧？」

我至今都是抱著必死的決心跟過來。

可是，我不能因為一個年紀比我小的女人，就垂頭喪氣地作罷。

「我再說一次，對我來說，綾小路學長是個特別的人。不能經由妳這種局外人之手讓他退學呢。」

天澤靠過來，毫不留情地揪起我的瀏海。

「唔！給我放開！」

「我不放——」

天澤情緒若有似無的雙眼，是徹底不正常的人才有的眼神。

我的本能彷彿在叫我「快點逃、快點逃」，顫抖了起來。

「妳絕對不是普通人……！」

「很不可思議嗎？妳畏懼比自己小的女人，而且還在發抖。不過呀，我覺得妳最好珍惜這份感受力喲，櫛田學姊。」

天澤稱讚著奇怪的地方。

她毫不在意我在想什麼，繼續說道：

「自己比別人可愛。自己比別人優秀。自己比別人——總之，櫛田學姊就是最喜歡自己，而且喜歡得不得了吧？妳希望居高臨下，而拚命地掌握別人的祕密。儘管這樣，因為妳最討厭被別人占上風，所以打從心底無法容許有人知道自己的祕密。我並不討厭這種亂七八糟的特質。」

我忍著想要回嘴的心情，做了分析。

這傢伙很明顯非常熟知我的事。

為什麼、為何——我必須先捨棄這些想法。

我冷靜地對自己的心裡這樣說，同時站起來。

「妳從剛才到現在……到底是想要說什麼？」

我自己在心裡稍做整理後，恢復了冷靜。

越是著急地喊叫，越會不小心被拖入天澤的步調。

「話說回來，虧妳能自己來到這裡，就算說有平板和援軍，也一樣要靠自己的力量行走。要跟小組的夥伴說謊也要花一些力氣。自己脫隊的話應該會伴隨相當大的風險吧？分數減少的話，

就連退學的風險也——」

天澤再次推倒我，從高處往下看我。

「可是，櫛田學姊沒有疏漏。就算犧牲小組的分數，名次掉到後面，妳也擁有最低限度用來存活的個人點數吧？」

這不用說，是當然的事。

我是確保最低標準的兩百萬點後，才做出這樣亂來的行為。

我除去自掏腰包準備的一百三十萬點，還有那傢伙準備的不足點數。

「我絕對不會輸……不論發生什麼事，我到最後都不會放棄……」

「那妳要怎麼抵抗呢？妳現在不就正被我玩弄著嗎？」

天澤說服我這就是現實。

「——所以？就因為我正被妳玩弄，妳說我又是什麼時候輸的？」

我眼中充滿意志的情緒，絕對沒有因為這點程度的事就消失不見。

我自身的感情何止動搖，還漸漸沉著下來。

沒必要慌張。只要天澤也消失就好了。礙事的人全部消失就好。

不過這件事可不只這樣。

「哦……妳或許超出了我的想像呢。櫛田學姊是個臭女人，但我只佩服妳一件事情喲。妳精神層面的強度還滿不錯的耶。比起害怕我，倒是源源不絕地湧出恨意。不只是針對我，還衍生到把祕密告訴我的人物身上。」

我連身上的土都沒拍掉，不論幾次都依然會站起來。

有必要的話，我現在就在這裡把天澤揍飛——

「別這樣嘛。就憑櫛田學姊，即出使出了渾身解數也贏不過我。那就這樣嘍。」

我撲上這樣說完就轉過身的天澤。

我連思考要做什麼都沒有，只是想把她壓倒。

可是這種企圖似乎被她料到了，我的手三兩下就被閃開。

接著隨即被她掃腿。我不知道自己是第幾次倒在地上。

「咕，唔……！」

「我覺得我跟櫛田學姊合不來呢。妳或許都是把別人的祕密當作武器，但我又沒有那種祕密。妳要強行施暴，我也比男生還強。也沒有重要的朋友，所以沒辦法抓人質。硬要說的話，綾小路學長的存在就是我的弱點……但學姊要對此想辦法，就跟要打敗我一樣困難。對吧？」

天澤就像某處的不檢點女教師一般，輕佻地解釋。

「那麼呀，妳也差不多該退下了吧？我必須去見綾小路學長。」

「……那妳打算怎麼做？告訴他是我在尾隨？」

「不會不會。說出這種事又沒有意義。不過，說不定櫛田學姊期望的發展正等著妳。綾小路學長說不定會退學喲。開心嗎？」

「……如果綾小路退學，我之後就會擊潰妳。一定會把妳擊垮。」

「櫛田學姊～結果在比賽之前就已經分出來了喲。讓知道祕密的人退學，就是妳保護自己的唯一方式，但這招只對綾小路學長那種不會到處張揚的紳士行得通。我這種人的話，我會不客氣地到處散布祕密之後再退學喲。」

「哈！……別笑死人。如果是妳這種臭小鬼，或許確實會滔滔不絕地說出我的祕密。不過，根本不會有人相信妳說的話。我會說是退學學生的惡作劇來解決。」

「唉，確實吧？很少人會全盤相信我說的話。不過，還是能對櫛田桔梗表面上完美的形象造成龜裂，這不就夠了嗎？」

天澤好像不打算繼續跟我玩，而往綾小路大概所在處的方向消失蹤影。我也並非絕對無法在這裡追過去。

但現在要是這麼做——天澤一定會毫不留情。

她大概會毫不猶豫地四處張揚我的祕密。

這代表著徹底的敗北。

我在天澤離開的這片森林裡原地坐下，仰望天空。

密集的樹葉之間，微微地落下了雨滴。

雨滴到我的臉頰上，就這樣往頸部流下。

「我在……幹什麼呀……」

我對自己說出窩囊話。我真的覺得好空虛，已經連憤怒的情感都湧現不出來。

綾小路加上天澤。接連出現擾亂我的平靜生活的傢伙。

我會像這樣在這裡趴在地上，原因不只是那兩個人。

我開始回想這次事情經過的源頭，思考自己怎麼會落得這般田地。

4

那天在無人島生活到了「第五天」。我跟一年級組別的某人見了面。

跟誰見面本身沒那麼稀奇。如果在廣闊的無人島上自由自在地移動，不管是同年級生還是高年級生，都經常會擦身相遇與交談。可是那些全都是出於偶然。不過這次的狀況有點不一樣。我從被私下交付的對講機收到聯絡，刻意計劃跟某個一年級接觸。

因為發生不得不直接見面的狀況。那個一年級生凝視著我，以笑容迎接。我也回應那張笑臉般地投以微笑，前去對方的身邊。

接著確認過四周沒人，我開口說：

「有關今天早上在對講機收到的報告，你能解釋是怎麼回事吧？」

我開口叫了那個一年級生的名字。

「八神同學。」

一年B班領袖般的人物——八神拓也。

「勞駕妳過來一趟，非常感謝。」

「招呼就不用了，我是在請你解釋。」

八神面對我的焦急，有點傷腦筋地撇開視線。

接著重新望向我。

「意料之外的事是難免的，櫛田學姊。」

我對事不關己的玩笑措辭，感到一肚子火。

八神聯絡我，說他遭受A班的高橋修、C班的椿櫻子跟宇都宮，以及D班的寶泉和臣，在逼問的形式下招認了。這四個人從很早的階段就懷疑八神跟我的關係，似乎實在無法搪塞過去。

我實在無法對他再假裝是個乖孩子了。

「什麼叫做意料之外？都是因為你，我的過去才會被一年級知道吧？」

這不是說「這樣就沒辦法了」就可以解決的問題。

「關於這件事，我向妳道歉。」

「就算你道歉也無濟於事，我是說真的。」

這下子又增加了四個人知道事實。

事到如今，憑我自己的力量也已束手無策了。

「椿同學他們比我想像中掌握到更多情報。對我來說，這也是意料之外。」

「什麼叫做意料之外？別開玩笑了。」

「請冷靜，櫛田學姊。現在重要的不是椿同學他們。」

「啥？」

「他們的目的只是要讓綾小路學長退學。本質上對櫛田學姊的過去如何並不感興趣。」

有沒有興趣之類的都無所謂。

我無法忍受跟擁有攸關我底細的人待在相同的空間生活。

為什麼沒有人能理解這件事呢？

「再說，那四個人是一年級生。基本上不會跟櫛田學姊產生交集。」

「哈，別笑死人……我們不就像這樣在無人島上激烈地競爭嗎？跟一年級戰鬥的時候，我就會被抓住把柄。」

這勢必會對我很不利。

就算對方的年紀比我小，若說要公開一切，我也只能唯命是從。

「是啊，說得沒錯。依櫛田學姊來看，重要的是那邊呢。」

八神承認這點，表示他其實明白。

「即使這樣，要立刻讓那四個人退學也極為困難。不是嗎？」

「居然將錯就錯？瞧不起人也要有個限度。」

「……對不起。可是就我來說，我認為自己做了最好的選擇。」

擅作主張滔滔不絕地把祕密說出口，說什麼最好啊。

我壓抑想揍他的衝動，聽著八神說話。

「我在船上也說過，我正在思考讓綾小路學長退學的戰略。」

我當然記得計畫的事。

八神說他有讓綾小路退學的祕密計畫，並且要在無人島執行。

但我只被交付了一支對講機，還沒有聽見細節。

「為了櫛田學姊，我要稍微補充我的計畫。」

「補充？」

「讓綾小路學長退學之後，我一定也會讓那四個不穩的要素退場。」

「這樣問題就解決了吧？」八神毫不愧疚地說。

「我們現在就思考該怎麼搶在那四個人之前下手吧。這樣下去，就算綾小路學長順利退學，功勞也會是椿同學他們一年C班的。就拿不到兩千萬點的大部分了。」

「我不是想要點數。」

「我知道。可是如果有那筆鉅額的點數，妳就能得到安全的保障。」

截至目前，我都是迫於無奈地參與八神的提議。

因為這是我不想參與，也不得不參與的狀況。

可是，已經是極限了。我沒有餘力繼續搭著這艘會沉沒的泥船。

「結束了。這意思是我跟錯了陣營。」

我今天前來這裡，為的不是服從他的指示。

而是為了跟八神明確地保持距離。

「妳還有辦法挽回。」

「太遲了。」

「不，還不遲。倒不如說，現在才是機會。」

「啥……？」

「現在，七瀨同學正緊緊跟著綾小路學長。」

「七瀨？七瀨是一年D班的女生吧？難道那個人也——」

「請放心。七瀨同學當然對櫛田學姊的過去一無所知。」

「我已經根本不能信任你了。」

「如果我辜負了妳的信任，那我道歉。可是，請妳聽我說。」

就算我表現得如此煩躁，八神還是不停下來。

「就像我之前說過的那樣，她和寶泉同學聯手，想讓綾小路學長退學，但我對於他們這次的作戰內容大致心裡有數。」

「……所以呢？寶泉和七瀨的作戰內容是什麼？」

「因為是他的主意，內容肯定會涉及暴力。」

「暴力？雖然那些行為可能有問題，但代理理事長說過，他允許學生之間的小糾紛。我不認為會走到退學。」

「如果是輕輕撞到肩膀的程度，或許沒錯。不過如果發展成以暴制暴的慘烈暴力，那又怎麼樣呢？」

「這樣確實是很不好的事，但綾小路單方面被打敗，退學的就會是寶泉了吧？」

我不認為綾小路在這種形勢下受重傷，會被當作失去資格並遭到退學。

「這次應該不會是寶泉同學與綾小路學長對峙。就像櫛田學姊說的那樣，他可是惡名昭彰。

如果引起糾紛，先被懷疑的會是他。」

「意思是……」

「對。要跟綾小路學長戰鬥的是七瀨同學。就算她打過來，他一開始當然不會反擊。可是如果對方是認真動手，綾小路學長要應對的話就必須以某種形式壓制她。打回去，或者騎在她身上制住她。不論是哪一種，那種景象一定都很難看。」

如果七瀨和綾小路互毆……當然的確會是個大問題。

「七瀨要向校方控告，說是被綾小路打倒……這就是他們的作戰嗎？」

「所以，我會瞄準他們執行作戰的時機使出對策。」

「假設他們真的會執行那項作戰，不知道是什麼時候也沒用吧？沒辦法整天跟著他們。」

「那件事的話，我已經弄清楚了。因為某人告訴了我執行的日子。」

「某人……？」

「我不能說是誰，不過是個可以信任的人。七瀨實際執行會是在考試的第七天。我不清楚詳細的時段，但恐怕會是在完全沒有人煙的時候——」

那時就會發生暴力事件……

「所以，這個先下手為強的作戰，具體上的做法是什麼？」

「平板上有錄影的功能吧？有那個的話，就可能掌握決定性的證據。」

把那段影像交給校方當作證據，他的確就很有可能被退學。

「可是，如果只是制伏對方，或許也不會被退學吧？」

「當作威脅手段來說應該很足夠了。他也可能會選擇自主退學。」

我大致上了解八神想說什麼。

如果真的會發展成那樣，我就可以藉由錄下影片取得優勢。

「我希望把這個任務交給櫛田學姊。」

「啥？為什麼我要扛這種風險……你去執行不就好了？」

「如果是櫛田學姊的話，就算靠近也不會不自然。」

「才沒有。我也算是有被綾小路提防。」

「我是男的。看見那種現場的話，別人恐怕會覺得我應該過去阻止。不過，櫛田學姊是一名弱女子。妳在怕得什麼都做不到的情況下，想著至少留下證據所以開啟平板……妳也可以展現即使是同班同學，也不允許殘忍行為的正義。」

「或許這算是正義，但我也可能招來出賣夥伴的反感。」

「既然這樣，只把影像交給我也沒關係。我只要當作是匿名得知的就好。」

八神這樣強力地主張。就我來說，七瀨他們能自作主張地讓綾小路退學，倒是無所謂。不過為了盡量提昇機率，該使出多一點對策也是事實。

「我不想要繼續搭在泥船上。」

「當然。」

「你要怎麼做？你打算都交給我，自己什麼都不做嗎？」

「怎麼會呢？我當天會在對講機上支援櫛田學姊。只要利用明天開放的ＧＰＳ搜尋，隨時告訴妳位置，妳就可以保持距離，安全尾隨了。而且……」

「而且？」

「椿同學也有可能正在企圖做什麼事。或許會在相同時機發起某些手段，所以我也打算刺探他們的動作。」

「那個跟你同組，叫做宇都宮的傢伙呢？」

「他只是椿同學的棋子。這方面應該不用擔心。」

八神的話能信到什麼程度，必須做出這個重要的劃分。

可是，現在的我別無選擇也是事實。

「妳願意做吧，櫛田學姊？」

「……我也只能做了吧。」

我沒有退路了。為了當現在的自己，並守護目前在這所學校的地位。

我已經不允許再累積失敗了。

「真是沒轍了耶。」

在上午七點過後，該前往第七天的第一次指定區域時，一之瀨帆波在隨時都會開始降雨的陰天下深深嘆氣，並將視線落在右手的手錶。

「一之瀨，它果然壞了嗎？」

同組的學生柴崎颯窺視這支手錶，並這麼問。

「嗯。好像不行了。我想應該是今天早上在河邊跌倒，撞到石頭時開始。」

知道手錶異常後，一之瀨嘗試了像是重新設定的幾種處理方式。

可是，測量心跳的功能和GPS功能一直是處在完全沒有動作的狀態。

就算在平板上確認自己的位置，也沒有顯示出來。

在手錶故障的狀態下，不論是指定區域還是課題也好，分數都不會被加上。

放著不管繼續考試，完全沒有好處。

「應該慶幸我們不是在島嶼的對面一側。」

「這……嗯，是啊。」

一之瀨他們位在E6的西南方。步行兩個小時左右就可以回到起點，但在不能使用GPS功能的狀態下獨自返回是很危險的行為。

「總之，只能回去了吧。」

柴田當然沒有責備一之瀨，他這麼說。

「可是——」

重要的是，現在出現的指定區域是D5。

他們必須前往跟起點完全相反的方向。

他們會錯過寶貴的抵達加分，同時也不可能拿到抵達順序報酬。一之瀨很清楚自己應該回去，但還是回頭看了在後方等待出發的三個人。

「唉，手錶不運作也沒辦法。對吧，小真澄？」

「現在回去的話，說不定能趕上第三次的指定區域。」

一之瀨的同班同學二宮也贊同地點了頭。

他們這樣回答，沒有半個人面露不情願。

一之瀨對此感到開心，也湧出很抱歉的心情。

時間要回溯到第五天，也就是兩天前的考試。一之瀨他們在開放組別最大人數的課題上拿下第一名，成功增加了三人名額的上限。隔天剛利用ＧＰＳ搜尋功能跟橋本組完成合併，就發生了麻煩。

「抱歉呀，我一定會趕在第三次之前回來！」

既然要做的事情確定了，就必須盡早回到夥伴身邊。

「那麼，我送一之瀨到允許範圍內最遠的地方。」

一之瀨轉換想法，和柴田一起筆直地南下。

「柴田同學，對不起呀。變得要讓你陪我。」

「發生了這種意外也沒辦法，別說了吧。」

「嗯，也對。」

然後一之瀨和柴崎花了一小時左右，沿著河流來到Ｅ９區。

看見海邊後，起點就進入可以到達的範圍了。

「速度比想像中還要快耶，順利順利！」

接下來只要往西邊一直前進，就會以某種形式到達港口那邊了。

就算慢慢前進，需要的時間也不用三十分鐘。

可是往返就會需要一小時。

「柴田同學，你能直接前往下一個指定區域嗎？」

「哎呀，就算距離很近，自己回去也很危險吧？畢竟森林裡就像一座迷宮。就算是白天，今天不只是陰天，也可能下雨——」

柴田仰望天空。雖然目前早上八點沒有下雨，可是今後的天候也很不穩定。

「嗯，我很清楚危險。我從這裡走的話，可以不迷路地返回港口。我覺得要追上前段陣容，即使是一分也不能浪費。而且如果開始下雨，說不定我們兩個都無法回去會合。」

就算一分也要貪心地去拿到，這點很重要。一之瀨這樣大力地說服他。

「接下來，也只要一直直線前進就好。」

她希望柴田盡早回到戰線上賺取分數。

一之瀨覺得正因為扯了後腿，所以希望只給別人帶來最低的負擔。

「……知道了。但是妳別亂來喔。要是開始下雨，就待到雨停為止，不要勉強，好嗎？」

「嗯，我絕對不會勉強自己。要是受傷退出，就不好笑了呢。」

他們這樣約定之後，一之瀨就揮手催促柴田去和橋本他們會合。

一之瀨記住柴田指示的方位，並踏入了森林。就算她來不及到下一個指定區域，也一定要在第三次的指定區域回去。這股強烈的意志鼓舞了一之瀨。

比起思考，為了避免損失時間，她先邁步而出。

同一區似乎沒有半個人在，她往前走，沒有看見任何人的身影。她認清「萬一發生什麼事，

只要問人就好」這種想法，實在是太天真了。

往森林裡前進十分鐘左右，視野逐漸變得惡劣。

原因很明顯，就是雲層開始變得更厚了。

就算認為是直線前進，樹木也會不留情地擋住去路。

閃開一棵樹前進後，又是接連的樹木，沒有路的路線會像這樣妨礙她。

反覆上演這種情況，就會開始失去自信，懷疑是否真的有筆直前進。

「總覺得，我好像不管做什麼都是壞棋耶……？」

她有點自嘲地笑著，但也只能往前走。

因為幾百公尺內，應該一定會有港口。

她接著又走了大約二十分鐘，一之瀨因為自己算得太天真，而停下腳步。

如果沒有走錯路，現在完全就已經是抵達港口的時候。

「我在做什麼呀……」

就算拿出平板看，目前的所在位置當然還是不明。

往原本過來的路線折返，也不保證絕對不會迷路。平常的一之瀨不會選擇亂來。可是掉下C班令她潛在性地產生焦慮。

她在這種情況下，因為A班領袖坂柳的提議，而組成強大的小組。

為了讓這段關係平起平坐，她自己也必須展示能力。

就算對方向失去信心，她也必須邁步。

往哪裡走？往哪一條路走——為了消除這些不安，她抬起了右腳。

這時，她覺得前方微微地傳來聲音。

一之瀨很猶豫要不要出聲歡呼，但她無法完全否定那是野生動物的可能性。

她覺得確認完真面目再說也不遲，而默默地往聲音的方向前進。

她在不久後看見的——是代理理事長月城，以及一年D班的班導司馬。

一之瀨看見他們的時候，打從心底鬆了口氣。

這樣就可以問出港口的地點。

可是……一之瀨馬上作罷，認為這個想法很天真。即使是意外，現在也是特別考試期間。最好不要覺得說出自己迷路，請他們告訴自己怎麼走，他們就會回答。手錶故障是內部問題另當別論，若是因為外在因素而損壞，就更是如此了。如果被一句這是她自己的責任打發掉，那她就必須放開這難得的救命繩索。

把眼前的繩索拉過來的方法——

乾脆就跟在兩人後面會比較明智嗎？

如果他們是要返回起點，這就是最適合的，如果是為了課題移動，也遲早會有其他學生聚過

來。不論是哪一種，應該都可以脫離最糟糕的狀況。

她決定不被發現地跟在後面。

他們邊聊著什麼邊走路，因此不會輕易地被發現。再說一之瀨認為萬一被發現，假裝不知道就沒問題了。

在寂靜的森林裡，一般音量的說話聲也聽得很清楚。

「我叫你見機行事地確認能否行動，結果怎麼樣了？」

「好像很困難。無論如何都看得見教職員監視我們的動作。尤其是真嶋似乎更是懷抱著強烈的戒心……」

一之瀨對話題內容不感興趣，專注在尾隨上，所以大概只聽了一半。

「另外，還有一個可疑人物。二年D班的班導茶柱調查了所有的紀錄。」

「因為拉攏教職員那方，是少數他能採取的有效手段。不管是茶柱老師也好，真嶋老師也好，當作他們和綾小路同學有關係，應該不會有錯。如果綾小路同學剛好在場，他就算發現真相也不足為奇。」

然而，因為出現了意想不到的名字，狀況產生了改變。

綾小路──一之瀨聽見讓她心裡一揪的名字，而用力屏息。

他們好像因話題出現這個名字，因此停下腳步繼續談。

「紀錄方面我有先竄改，所以我認為應該不會敗露。」

「謝謝。不過，他們也可能會得到某些線索。這樣就要一局定勝負。我們必須把他確實逼到絕境呢。」

「可是，能這麼簡單就讓他退學嗎？對方可是White Room的——」

「人就是會被頭銜迷惑。他——就只是——喔。」

White Room？一之瀨側耳傾聽，但是聽不清楚。

突然起了風，聲音被蓋了過去。

綾小路的名字以及退學這個關鍵字，深深烙在她的腦海裡。為什麼代理理事長和老師會討論這種事呢？一之瀨為了聽清楚一點，無意識地搞砸了該保持的距離，並一點一點往前靠過去。

「如果在最後一天之前——存活下來，那就照安排——在I2葬送——吧。」

當她拉進到再一點就聽得見的距離時。

一之瀨自認沒有出聲，但代理理事長還是眼神銳利地往後方看。

糟糕。

一之瀨抱著這股直覺一溜煙地往後飛奔。

可是，她背後的背包重量很礙事，無法加速。她在瞬間的判斷下拆掉扣帶，使出全力把背包往樹叢一扔。行李被撿到就可以從裡面的平板查清楚是誰，不過她慌張到連正常的判斷都做不

到。

應該暫且沒被看到長相。可是，一定被發現自己在偷聽了。她毫不遲疑地產生這種把握。

剛才的內容是絕對不能聽到的。

她深深懷有這種預感，不斷地奔跑。

一定逃得掉——

對方也一定不至於跑來追她。

沒錯，一定沒事的。

一定、一定、一定。

身後傳來快步且大力踩踏小枝葉的腳步聲。一之瀨對運動神經沒有自信，可是對跑步速度有信心。

完全分不清方向。

一之瀨在完全迷失的森林中不顧一切地不斷奔跑。

不小心看到不能看的東西時，人會莫名地發現到。

這種直覺，正在大力地發揮作用。

「唔！」

一之瀨沒有好好看著腳邊，只是不停跑著找路，她被某個東西勾到，用力地摔了一跤。她回頭後，發現大樹的樹根裸露在地面上，好像是絆到了那裡。儘管膝蓋有強烈的痛楚，她還是打算趕緊站起而屈膝。

一隻大手從一之瀨身後抓住她的左肩。

一之瀨嚇得心臟快要停止，變得無法動彈，戰戰兢兢地回頭。

「……妳是二年C班的一之瀨帆波，對吧？」

面對司馬的洞察力，她原本正要起身的腰再次跌了下去。

「啊、啊，是、是的，沒錯……」

她就這樣跌坐在地上拚命退後，卻無法逃離那個眼神。

司馬以無法看出情緒的眼神俯視這樣的一之瀨。

「妳為什麼會在這裡？」

「那、那個，我的手錶好像故障了……我想請學校看看……」

「原來如此。所以附近才會沒有GPS的反應啊。」

「聽到什麼程度不是什麼大問題。只要妳涉入這件事的任何一部分……只能說單純是妳運氣不好了。」

「意思是說……我會受到什麼懲罰嗎？」

「這與校規無關。我就立刻讓妳退場好了。」

司馬這樣說完，那隻大手就往一之瀨慢慢靠近。

「要動粗有點操之過急了，司馬老師。」

月城晚了一點過來會合。他的手上提著一之瀨的背包，阻止司馬。

「是，失禮了。」

月城代理理事長也追了過來，對一之瀨投以毛骨悚然的笑容。

「我就形式上問問吧，妳聽見了什麼呢？」

「我、我什麼也沒聽見……」

這當然是說謊。

雖然很片段，但一之瀨還是不小心聽見他們氣氛不平穩的對話內容。

就算一之瀨說自己什麼也沒聽見，這兩個人大概也完全不會相信。

「我沒有單純到相信這種話。大人總是必須設想最壞的情況行動。我不得不以妳有聽見所有事為前提推動計畫。」

月城打量地看著她，同時站在她的眼前。

接著蹲下來與一之瀨視線相交。

「妳很碰巧地聽見一切。儘管這原本是妳絕對不能聽見的情報。」

司馬看著這模樣，有點害怕地看著月城。

「要是妳洩漏剛才的事，我和司馬老師都會非常傷腦筋喔。」

「我、我什麼也沒聽見——」

「不是這樣。我是以妳有聽見為前提說這些話的。」

被這麼說，一之瀨只能嚇得屏息。

「我要不要把妳打到失憶，讓妳退出考試呢？」

月城看著害怕的一之瀨，微笑並起身。

「——這類發言，我作為保護學校的人，無論如何都不能說出口。沒錯，我也希望自己盡量不要動粗呢。所以，我給妳一個提議。假如妳把這些事告訴任何人的話，我就會讓只有二年C班隸屬的一個小組退出考試。」

「唔……！」

「當然，會是那些沒有個人點數自保的人。」

換句話說，這就代表著強制退學。

「妳覺得我不可能做出這種事嗎？從管理規則的我來看，像是製造違規的理由之類的可是輕而易舉。尤其在這座無法監視的無人島上，發生什麼事都不足為奇。」

他瞇起眼睛，看著害怕的一之瀨。

妳懂吧——他用眼神確認。

「月城代理理事長，你是不是應該在這邊發動權限，不要對她做出姑息的處置？就算一之瀨不見，茶柱跟真嶋也不會放在心上吧？那兩個人警戒的，就只有綾小路。」

「也有道理。那麼，司馬老師你認為怎麼做會最適當呢？」

司馬想都不想，就從褲子裡掏出橡膠手套。

「如果您交給我，那我會先做處理。」

一之瀨在他們討論自己的待遇的情況下也無法逃跑，只能等待刑罰。

一之瀨應該想像不到他戴上橡膠手套，是打算做什麼。

月城看見她這副模樣，溫柔地微笑。

「好啦，繼續耗時間也不理想。」

他把背包放在一之瀨的腳邊，再次與她拉開距離。

「起點的港口，就在往前走一百五十公尺左右的地方。去吧。」

「好、好的……！」

她對異樣的氛圍感到慌張，同時也為了盡快離開，急忙地重新揹起背包。

「妳應該保護的是同班同學，而不是別班礙事的強敵。妳要把這點記在心上，不要忘記了。」

一之瀨點頭致意，並按照月城建議的方向快步離開。

司馬旁觀這個狀況，同時也看了月城。

「沒關係，放著她不管吧。」

「真的好嗎？」

司馬反覆思考，覺得自己是不是留有某些不安因子。

「要是她告訴綾小路，就會阻礙到計畫。」

「總是會發生無法預期的事。既然這樣，我們也只要配合行動就好。」

司馬摸不著月城真正的想法，懼怕著未來。

「你就這麼擔心嗎？我認為自己算是做了很有效的叮囑。」

要是打破約定就讓會某個同學退學——這只是威脅，但最重要的是，對於把同學放在最優先的一之瀨來說，這聽起來應該不像是在開玩笑。

「不論她跟綾小路同學的關係如何，對C班來說，強敵能消失是求之不得的。一之瀨同學過了一段時間，應該也有辦法面對這件事。我們別著急，先看看狀況吧。」

一滴水珠落在月城的臉頰上。

「我想七瀨同學百分之九十九會失敗，不過料到這點，那孩子好像總算開始行動了，要是有正常進行的話，綾小路同學的警報鈴差不多就要響起了呢。」

月城始終冷靜而且不慌不忙。

他的一貫信念使他如此。

2

雨勢開始轉強。

七瀨冷靜下來，好像終於消化完自己的心情，然後張開沉重的嘴。

「是我輸了呢……綾小路學長。」

「我可以認為妳願意接受了嗎？」

「是的。我好像怎麼樣也贏不過綾小路學長。」

她被看透一切，放棄似的死了心。

我不出手應付她，發揮了作用。

「可以的話，能告訴我細節嗎？關於為什麼盯上我。要是連理由都不明確的話，會出現很多問題。」

「是啊，學長有權利知道——不對，是我希望你知道。」

她好像沒有餘力起身，於是直接坐在地上說。

七瀨的動作並不尋常，但我還是不認為她是White Room的學生。七瀨的強度確實有水準。就算對上堀北或伊吹，大概也不會輸。

可是，如果要把她看作是White Room的學生，水準就太粗糙了。再說White Room的學生會說出松雄的名字，也是件怪事。

我為了知道這個答案，而等待七瀨回答。

「我……我是想替青梅竹馬復仇，而升學到這所學校。」

「青梅竹馬？他該不會就是——」

「是的，是松雄榮一郎。」

他無庸置疑就是照顧我的管家松雄他兒子的名字。

「我自己入學這所學校後，就非常能夠理解了。如果這裡完全隔絕外界，你應該也沒辦法知道詳情吧。」

基本上七瀨說的是正確的。但作為例外，我擁有一些跟松雄有關的情報。因為那個為了把我帶回White Room而現身的男人，在我面前告訴過我。

後來七瀨語氣平靜地把所有事情告訴我。

榮一郎因為我父親死纏爛打追殺到升學處，遭到高中退學。

即使逃到另一所高中也遇到同樣的處境，他認清自己無法徹底逃脫，所以放棄升學。

松雄榮一郎的父親得知此事，自焚死亡。

後來他打工維持生計。

這些我全都有聽那個男人說過，但我還是沉默地傾聽。

「我從幼稚園到國中畢業，一直都跟大我一歲的榮一郎待在一起。讀書、玩樂、學才藝都是……榮一郎做什麼都比我厲害……對我來說是值得看齊的憧憬對象。」

七瀨到目前沉穩的語氣，一點一點沉重起來。

「榮一郎即使被趕出家門，也說直到最後都不會放棄，並且開始打工。雖然可以見面的時間減少了，但我以為我們的關係不會改變。」

七瀨像是在一一回憶似的，不停地說：

「即使放棄升學，即使父親過世……他也打算一直努力向前，明明也在我面前說過不會放棄，並且對我露出笑容……」

七瀨拳頭使力，聲音顫抖。

「我在今年二月十四日的傍晚拜訪了榮一郎住的公寓，想要讓努力的榮一郎稍微打起精神。可是——」

我即使不聽到最後，也很清楚那代表著什麼。

松雄榮一郎不斷努力，最後放棄活下去了。

「如果不能見面，就再也無法傳達心意——妳這麼說過呢。」

我想起七瀨鼓勵池所說出的話。

再怎麼後悔都太遲了。即使在屍體面前呼喊，話也傳不過去了。

「我不太清楚關於學長和學長父親的事情。而且原本志願報名表也是寫了其他高中……而有個人出現在這樣的我身邊。」

「是月城嗎？」

「對。我從月城代理理事長那裡聽說榮一郎的人生之所以扭曲的原因，他也幫我安排入學高度育成高中。他說一切的原因，就是綾小路清隆這個人入學這所學校，從稱作White Room的設施逃走。」

然後，她為了報青梅竹馬的仇，特地來這間學校。

「只要能讓綾小路學長退學的話，他還答應我會讓我跟學長的父親見面。其實我原本打算讓他在那時對榮一郎道歉……」

就算讓我退學，那男人也不可能會道歉。

他一定不會把七瀨的話聽進去。

這樣就說得通了，可是我還是有不懂的地方。

「月城說過他把White Room的學生派了進來，意思是這是虛張聲勢嗎？」

「呃，請問這是什麼意思呢？我其實對White Room不是很清楚。」

七瀨不像是在騙人。若是這樣，可能就有兩種情況。他派來的刺客除了七瀨之外另有別人，或是有人正在負責類似的職責。另一個情況是月城指的刺客就是七瀨，要讓我以為她是White Room的學生。

如果能是後者，那麼現在就沒有人盯著我了。

不過，這大概很難想像。

從普通的觀點來看，七瀨的實力出眾，但作為讓我退學而派來的刺客來說實力不足。我不認為月城無法預料事情的發展。

「錯的不是綾小路學長。可是……我就是想要把無處宣洩的憤怒、不甘心……發洩在某人身上……」

聽見一連串過程，很多事都說得通了。七瀨入學以來的行動。

儘管想讓我退學，也有過好幾次她出手相救的場面。

正因為七瀨不認為自己正在做正確的行為，所以才會產生矛盾。

而且她深信讓松雄榮一郎寄宿在心裡，而在今天發洩一切。

似乎是在山上的關係，地面因為下雨而冷卻，開始起了濃霧。

「我實在沒有臉面對學長……真的很對不起……」

七瀨羞恥地用手藏起臉，沒辦法看向我這邊。

我什麼也沒說，默默地等待七瀨冷卻心情。

「妳不需要道歉。會憤怒也理所當然。」

那個男人為了把我帶回去，犯下如此滔天大罪也是事實。

他是不把人當作人看待的冷酷存在。

不過，很諷刺的是，這也同時投射出我自己的模樣。

「我無法完成代理理事長的指示，留在這裡已經沒有意義。」

「意思是妳要退學？」

「因為我只能做出這些補償。」

我跟那個男人的本質相同。

只要能夠保護自己，別人會怎樣，都與自己無關。

可是，即使本質相通，還是有些許不同之處。

就是認為我輕易地對旁人展現這些本質不是上策。

也就是，會不會自然地趕走只會妨礙自己的蠢貨。

在於能否伸出援手。

那個男人絕對不會幫助愚蠢的人。

這就是他跟我決定性的差異。

我慢慢地對七瀨伸出手。

「學長……？」

「假如妳對我感到虧欠，我希望妳可以收回剛才那些話。」

「這是……什麼意思呢……」

「妳完全不必感到羞恥。妳盡了自己一切所能地報仇。可是，我也有理由不能輸給妳。因為我認為我一直留在這間學校，就是對那個男人——換句話說，就是對我父親——唯一的攻擊。」

七瀨依舊無法抬頭，即使如此，她仍緩緩地抬起臉，凝視我的手掌。

「如果妳願意讓我說一句任性的話，那我希望妳別說要離開這間學校，並且協助我。現在月城也打算讓我退學，把這當作給我父親的伴手禮，並在這場特別考試上策劃著某種計謀。這麼一來，這甚至會違背松雄榮一郎不惜忤逆命令，也要讓我入學這所學校的想法。」

「我該做的……就是反抗，對吧。」

「妳願意幫忙嗎？」

纖細濕滑的手，握住我伸出的手。

「——我答應你。」

她的手掌因為雨水變得很冰涼，但暖意還是一點一點傳來。

長時間低著頭的七瀨的臉龐，注視著我的眼睛。

她實際上會不會派上用場都無所謂。

就算是一次性的也好，重要的是我要巧妙利用並讓她派上用場。

「淋雨會生病的。走吧。」

「……是！」

後記

大家好，我是世上最愛吃梅子茶泡飯的衣笠。

這一集是特別考試首次分為兩本以上。首先還請各位諒解這點。我也很希望寫下分散在各地的學生們的狀況，但頁數轉眼之間就膨脹到最大限制，我痛切感受到一本書能寫的很有限。

雖然在我開始寫作時，也曾經樂觀地想過——剩下一點頁數也沒關係吧，畢竟也很辛苦。但有很多集，都是發現時就已在跟剩餘頁數奮戰了。乾脆就破例允許只有《歡實》是五百頁的超大規格……不，還是不要好了。這只會是一場白白傷害自己的戰鬥。倒不如說，最多大概五十頁左右就可以了！

好的，雖然前言很長，不過這次的後記只有一頁。

說真的沒後記也無所謂吧？尤其是會有人期待衣笠的後記嗎？我每次都這麼想，有時也覺得作品結束的下一頁馬上就是後記有點討厭（但有時本篇頁數不夠，所以也沒辦法）。

二〇二〇年即將結束了，我今年還是會繼續加油！再會嘍！

一房兩廳三人行 1～2 待續

作者：福山陽士　插畫：シソ

駒村漸漸察覺奏音與陽葵的心意，
同時童年玩伴友梨意外地告白——

上班族駒村習慣了與奏音、陽葵的同居生活，也開始察覺兩人對自己懷著特別的情感，但是他不能接受，因為他是成年人。就在他思考著今後的生活時——「我一直喜歡著你……遠在『那兩人』之前。」童年玩伴友梨意外的告白動搖了三人間的關係。

各 **NT$220/HK$73**

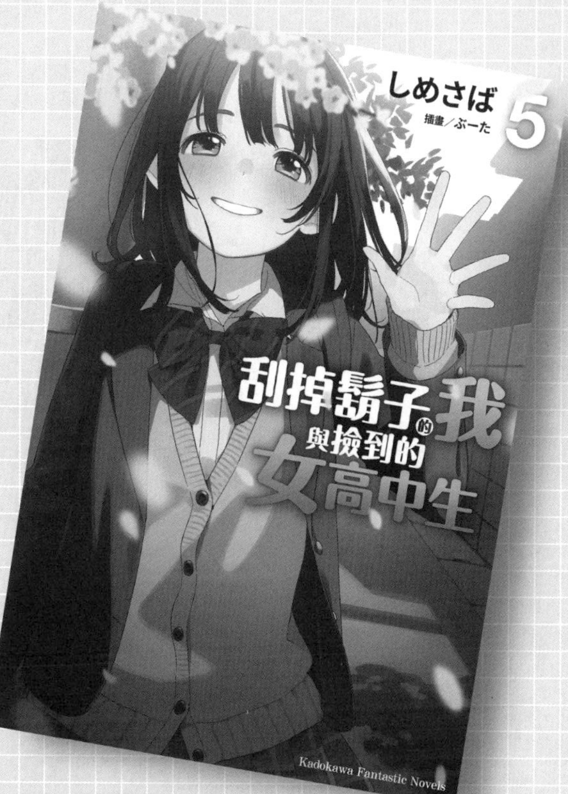

刮掉鬍子的我與撿到的女高中生 1~5（完）

作者：しめさば　插畫：ぶーた

「吉田先生，能遇見你這位有鬍渣的上班族實在太好了。」
上班族與女高中生的同居戀愛喜劇，堂堂完結！

吉田和沙優前往北海道，意味著稍稍延後的別離已然到來。在那之前，沙優表示「想順便經過高中」──導致她無法當個普通女高中生的事發現場。沙優終於要面對讓她不惜蹺家，一直避免正視的往事。而為了推動沙優前進，吉田爬上夜晚學校的階梯……

各 **NT$200~250/HK$67~83**

三角的距離無限趨近零
Bizarre Love Triangle
6
岬鷺宮
Misaki Saginomiya
illustration◇Hiten
Kadokawa Fantastic Novels

三角的距離無限趨近零 1~6 待續

作者：岬鷺宮　插畫：Hiten

我愛上的那個女孩體內住著兩個靈魂──
與雙重人格少女譜出的三角戀愛故事。

秋玻與春珂人格對調的時間再次開始縮短。我能跟她們兩人在一起的寶貴時光，以及雙重人格都要結束了。然而，為了我自己，也為了她們兩人……我還是要做出抉擇。不久後，我在她們兩人身後隱約見到的「那女孩」是──

各 **NT$200~220/HK$67~73**

P.S.致對謊言微笑的妳 1~3（完）

作者：田辺屋敷　插畫：美和野らぐ

遙香突然出現在正樹的學校，
不僅失去記憶，連本性也消失了？

遙香為什麼會出現在我的學校？又為什麼失去了與我之間的記憶？更重要的是，為何「遙香的本性消失了」──？為了尋找解決的方法，我試著接近變得莫名溫柔的遙香，在暖意與突兀感中度過每一天。但是在聖誕節當天，遙香說出了令人難以置信的話──

各 **NT$200~220/HK$65~75**

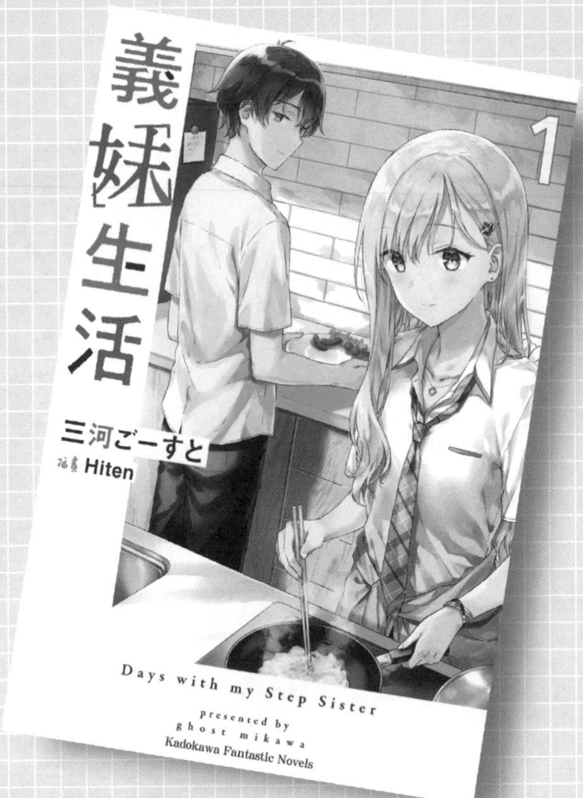

義妹生活 1 待續

Kadokawa Fantastic Novels

作者：三河ごーすと　插畫：Hiten

兩人的距離日漸縮短，
慢慢建立起兄妹以上卻與家人有所不同的關係。

經歷雙親感情破裂後再婚，高中生淺村悠太和學年第一美少女綾瀨沙季成了義兄妹，並相約保持不接近也不對立的關係。不知該如何依賴別人，或是怎麼以兄妹身分相處的他們，卻逐漸察覺與對方生活有多麼愜意……

NT$200/HK$67

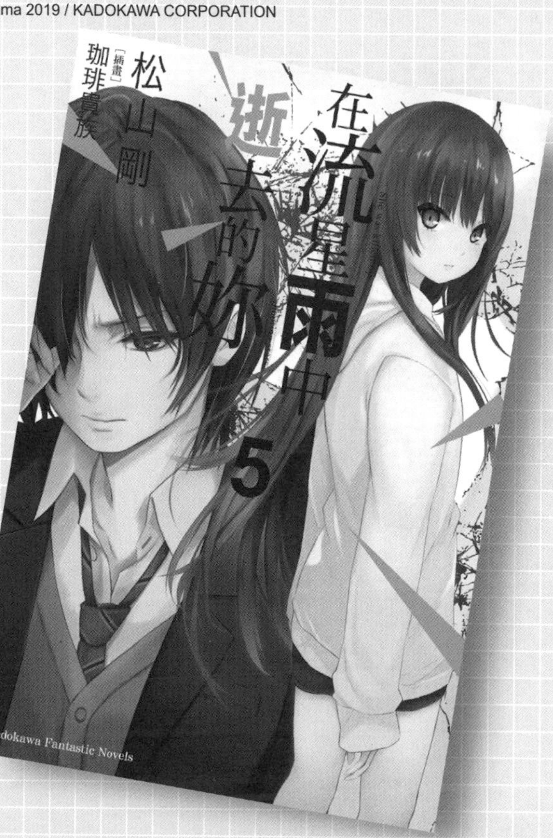

在流星雨中逝去的妳 1~5 待續

Kadokawa Fantastic Novels

作者：松山剛　插畫：珈琲貴族

「夢想」與「太空」的感人巨作，
迎來最高潮的第五集！

平野大地回到高中時代。神祕學妹「犁紫苑」出現，說了「我就是蓋尼米德」告知自己的真面目……與幕後黑手「蓋尼米德」的對決、伊緒的失蹤、潛入Dark Web、黑市拍賣、有不死之身的外星生命、手臂上出現的神祕文字、來自過去的可怕反撲——

各 **NT$250/HK$83**

國家圖書館出版品預行編目資料

歡迎來到實力至上主義的教室. 2年級篇/衣笠彰梧作；Arieru譯. -- 初版. -- 臺北市：臺灣角川股份有限公司, 2022.01-

冊；　公分. -- (Kadokawa fantastic novels)

譯自：ようこそ実力至上主義の教室へ 2年生編

ISBN 978-626-321-109-4(第3冊：平裝)

861.57　　110018996

Kadokawa
Fantastic
Novels

歡迎來到實力至上主義的教室 2年級篇 3

(原著名:ようこそ実力至上主義の教室へ 2年生編 3)

2022年2月10日 初版第1刷發行
2024年6月17日 初版第6刷發行

作　者:衣笠彰梧
插　畫:トモセシュンサク
譯　者:Arieru

發 行 人:台灣角川股份有限公司
總　　監:呂慧君
總 編 輯:蔡佩芬
主　　編:林秀儒
編　　輯:黃怡珮
設計指導:陳晞叡
美術設計:宋芳茹
印　　務:李明修(主任)、張加恩(主任)、張凱棋、潘尚琪

發 行 所:台灣角川股份有限公司
地　　址:104台北市中山區松江路223號3樓
電　　話:(02)2515-3000
傳　　真:(02)2515-0033
網　　址:www.kadokawa.com.tw
劃撥帳戶:台灣角川股份有限公司
劃撥帳號:19487412
法律顧問:有澤法律事務所
製　　版:巨茂科技印刷有限公司
ISBN:978-626-321-109-4